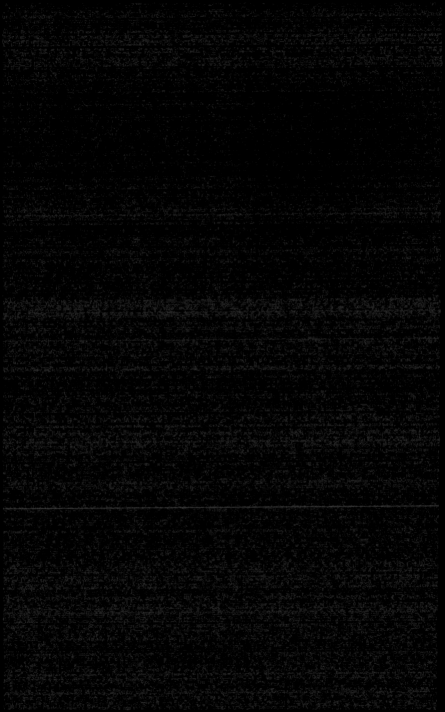

マルト神群

長谷川敬二
Hasegawa Keiji

幻冬舎 MC

マルトとローダシー

日本に初めて姿を見せた婆須槃頭(バスバンズ)

マルト神群

目次

マルト神群の話をしよう。

今まで君たちが聞いてきたインド神話の中で、マルトの名を聞いたことがあっただろうか。おそらくないだろう。

インドラ、ブラフマー、ヴィシュヌー、シヴァ、ガネーシャ、クリシュナ、ハヌマーン。それら高名なインドの神々の陰に隠れながら、インドラの忠実な配下として、また破壊神ルドラ、後のシヴァ神の息子として、永遠に老いず、青春の表象《ひょうしょう》でありながら人類史の証人。個の概念を打ち砕く複数の同一個性集団、彼らの疾走《しっそう》によって万物は震撼《しんかん》し、大地は動揺《どうよう》する。それがマルト神群だ。

天空を二十七名もの集団で黄金の馬に牽《ひ》かせた馬車に、黄金の甲冑《かっちゅう》に身を固めて飛び通い、たった一人の恋人ローダシーを胸に、暴風雨神でありながら万物の生育を促《うなが》しつつも、アスラ神群との凄惨《せいさん》な戦いで殺戮《さつりく》を少しも躊躇《ちゅうちょ》しなかった、それがマルト神群だ。

彼らはどこからやってきたのか。なぜシヴァ神の息子なのか。なぜインドラの配下なのか。なぜ編隊《へんたい》を組んで空を飛ぶのか。

アーリア人の記した、リグ・ヴェーダはそれらのことにはほとんど触れず、主権者としてふるまい、音かまびすしく、黄金の車輞《しゃもう》もて乳により増大する彼らは山々を切り開く。旅人が道を開くがごとくに。ああ、勇士マルト神群よ、不死者よ、天則《てんそく》を知る者よ。とのみ賛辞を述べる。この若き神群達はなぜこのように無名なのだろうか。

その一つが、インドラあるいはシヴァの手先でしかなく、その働きが、配下の働き以上の何物でもなかったことがあげられる。

二番目に考えられることは、その数の異様な多さである。二十七とも三十三とも、あるいは四十九ともいわれる複数同一個性集団。

これらに個性を見出そうとしても、神話はあまりにも無力だった。

しかし彼らは、有能な人類との折衝者《せっしょうしゃ》だった。ひたすら人類社会と大自然を愛した。ただ一人の恋人ローダシーとともに。

インド神話を長大な空虚と見做す向きには、どうでもよかろう。

しかし君たちには是非ともマルトの事績《じせき》を胸に置いてほしい。彼らの復活はすでにこの世界の各地で始まっている。いずれ神話は現実に再現される。これはいやでも公《おおやけ》の事実となる。

ここにおいても例外ではない。マルト達によって謎は明かされる。

さて、私の話はここまでだ。ここからは君たち自身の力で切り開く番だ、映画の力でもって。そして……。(幕上り、スクリーン現る。映写始まる)

第一章

宇宙開闢《かいびゃく》の歌

その男は自らを日本人とは名乗らなかった。

インド、コルカタの映画撮影所で出会ったその男について、笹野の直感は日本人だと確信しかかっていたのに、別の感覚が彼に躊躇することを強いていた。

身長は優に一九〇センチを超えている。

浅黒いと言って良い肌は日焼けしただけではなく、もともとがそうなのか、周囲のインド人と比べてもさして違和感はない。

どのような鍛錬でもって鍛えられたのか、分厚い胸周りと、今にも頭上から振り下ろされんばかりの太い腕《かいな》がまず目を引いた。

体重だって百キロ以上あることは間違いない。

容貌、これが笹野にとって、どう表現していいか一番憚《はばか》られるのだが、周囲のインド人たちと決定的に違うのは、険しさというものがすこぶる稀薄なのである。インド人、特に若い男女によく見られる大きな眼《まなこ》で相手を見据える時の、あの眼光の鋭さはこの男からはさほど感じられない。眼光鋭いというよりも、何か途方もなく遠くのものを見据えているといった眼差《まなざ》しなのだ。鼻梁《びりょう》と耳殻《じかく》はぎっしりとしたボリュームを湛え、その形体はインド人に近いものがある。

そう厚くもない唇はしっかと閉じられてはいるが、その両端はやや吊り上がっていて、第三者に警戒感をいだかせない印象を与えている。

何よりも笹野を戸惑わせたのはその男の容姿にコーカソイド（白色人種）の痕跡《こんせき》を見出したからだ。

（白人との混血……）

年の頃は、二十代後半位だと見て取れた。

同行の記者内山が重ねて日本語で訊いた。

「あなたがこの映画の主人公ですね」

「………」

男は無言である。さらに質問してみる。

「この映画の撮影はいつから始まったのですか」

「……それは監督に聞いてくれ。撮影の邪魔でないときにな」

男の最初の声がこれだった。太い低音《バス》でやや控えめながら明瞭な日本語だった。男の視線は言葉を発した時、しかと内山を見据えていた。少しのやましさも、ひがみもない目だった。

頭上から降りかかってくるような声に幾分怯みそうになりながら、内山が男の扮装を見て尋ねた。

「古代のインドの衣装のようですが」

「古代のでも、インドのものでもないと言っておこう。通年《つうねん》のいで立ちだよ。もっとも人間の着る衣装じゃないがね」

　虚を衝かれたかの様に内山が黙りこくった。

　通年という言葉が出たことで、笹野はこの男が日本で長く暮らしたことのあるまぎれもない日本人であることを確信した。しかし、人間の着る衣装ではないとはどういうことなのだろう。

　長い髪の一部を束ねて頭上に置き、それを被り物が覆っている。

　残りの髪は肩まで無造作に垂らしている。

　腕輪、イヤリング、足首の輪、それに胸背部を覆い尽くす甲冑まですべてが黄金色である。

　それらすべてはインド神話に出てくる神々の衣装とでもいうべきなのだろうか。

　次に笹野が質問した。

「文化面のジャーナリストをやっています笹野忠明というものです。このほど、インド映画にご主演ということを聞き、やってきました。取材をさせてください」

「どうぞ。ご期待に添えますかどうか」

「まず、この映画のタイトル、『マルト神群』ですが、これについて、ご説明願えませんか」

「どこで、どう探《さぐ》られたかは知らないが、それを話すには長い時間がかかる。それに、それがタイトルだということはまだ決まったことではないんだ」

「ですが、映画のタイトルはこれだとは聞いていますよ」

「それは私の役名であって、映画全体とは関係ない。監督自身もどうするか、今は決めかねているんだ」

笹野は息を飲んだ。予想だにしていないことが進行していた。

「それでは、基本的なことをお聞きしましょう。貴方のお名前をお聞かせください」

「それを最初に言うべきでしたな、失礼。私は婆須槃頭《バスバンズ》というものです。紀元四百年頃、唯識学《ゆいしきがく》を確立させたインド仏教の高僧、確か世親《せしん》というのが日本での通り名でしたが、このコルカタで舞台劇化された時の私の役名がそれでした。それ以後、その役名を芸名にしてきているのです」

口で言ってもわからないと思ったのか、男は笹野のメモ用紙にその芸名を書き込んだ。

「婆須槃頭」

笹野は一瞬めまいを覚えた。なぜこの男は芸名に漢字を使うのか。

その当て字としか思えない漢字の読みが、なぜ実在したインドの高僧の名に合致するのか。この男の本名はいったい何なのか。あらゆる疑問が一瞬にして頭を駆け巡った。

「はて、舞台劇の役名がそのまま芸名とは。日本でも似たような事例がありますが、ここインドでお目にかかるとは思いませんでした」

笹野は、かつて木下惠介監督の「善魔」で映画デビューした三國連太郎の逸話を思い浮かべていた。彼も確か役名をそのまま、芸名にしてしまった走りである。

「日本でのことは関係ない。私の名は婆須槃頭だ。それ以上のことは聞かないでほしい。私の取材はこの映画の中身だけに限らせてもらおう。そのほうがあなたがたの為にもなる」

男の表情がにわかに険しくなった。笹野は男のその表情に揺るぎのない自己肯定と、他者の介入を許さない極めて峻厳《しゅんげん》な意思を嗅ぎ取った。男の全身からオーラとおぼしきものが現れだしたと感じたのはその時である。笹野だけでなく内山も同様だったようで、彼もにわかに男を見る表情を変えだした。

男の黄金色の甲冑が、見る見る映画の被写体として完璧なものに変貌していくのさえ予感できる、それは笹野自身も信じられない未知の感覚だった。

「では婆須槃頭さん。あなたがこのインド映画に主演できるようになった経緯を教えてください」

内山の問いかけに男は、

「まず、私がインドに住んでいたこと。インドの事物に明るかったこと。それと、過去に一度も映画出演がなかったことでも言っておきますか。イズレ、コノエイガノカンセイジニワカルコトデスヨ」

最後の一言はやや捨て鉢のように英語で発せられた。

笹野が満を持していたかのように質問した。

「ではもうひとつお尋ねいたします。このインド映画を監督するのが日本人であるということに我々は非常に興味を引かれました。かって日本人はインド映画にスタッフとして参加したことはありますが、監督というのはあまり例がない。しかも、主演も日本人とは。このことについて、あなたはどう思われますか」

「私の答にあなたはどう期待されておられるのか。また、どう答えればご満足なのか。いささか不躾《ぶしつけ》に思えますすな。はっきり言いましょう。この映画に日本人が関わることなど問題ではない。ただ成り行きによってそう成立したとご理解されればそれで結構。インドと日本の結びつきなどという詮索は、いらぬ抗《あらが》いというものです」

あまりに見事な切り返しに、笹野は黙らざるを得なかった。

一人のインド人の男性スタッフが男に撮影の開始を告げにやって来た。

男はスタッフと短い会話をし始めたが、笹野たちには明らかにそれらは英語ではなく、ベンガル語で語られていたことが判った。

「生憎《あいにく》ですが、撮影が始まりますのでインタビューはここまでということに。そうそう、明日なら撮影所長、監督、プロデューサーの取材は可能だと思いますのでお聞きになりたいことなら、この日にどうぞ」

男はそう告げると二人の前を遮るようにして撮影所の中へ入っていった。

まるで大きな山が二人の前から突然姿を消し去ったような印象だった。笹野はしばし呆然としていたが、やがて傍らの内山に声をかけた。

「内山君、映画界に詳しい君だからこそ聞くが、あの男に見覚えがあるかね」

「いいえ、一向に。しかしあれ、ほんとに日本人なんですかね」

笹野も同感だった。今まで海外で名声を博した日本人を何人となく取材してきたが、短時間ながらこうも違和感を覚えさせた日本人は初めてだった。

「一体何者なんだ、あの婆須槃頭という男……」

「笹野さん。それにしてもこの撮影所の雰囲気は異常です。インド映画というものは元来恐ろしく分業体制が確立していて、一本の映画にそう関わりあってはいられないものなんです。それがどうです。この撮影所全体がたった一本の映画のために全力を集中して、ほかのセクションは全く鳴りを潜めている。こんな撮影風景は、私は見分したことはありませんが、昭和三十九年の東宝砧《きぬた》撮影所での黒澤明監督の『赤ひげ』以来といっていいでしょう」

笹野は自分より十五歳近く年かさのこの男の、これまでの映画界で培ってきた経験をこれほど頼もしく思ったことはなかった。

日本で映画雑誌の編集をしている友人から、今、インドで不思議な映画が撮影されている、との情報が手元にもたらされたのは、笹野がアメリカのフィラデルフィアにいた時である。

笹野は別に気にも留めなかった。何しろ一年に千本からの映画の生産国である。そのほとんどが、いわゆる歌、ダンスが主軸のマサラムーヴィーでインド国民の娯楽の捌け口として絶大な人気を博していることは、近年の日本での一時期、ブームを呼んだことで一般の映画ファンに知られるところとなった。そのなかには、一風毛色の変わった映画も存在するだろう。

友人はつけ加えるようにして言った。

「笹野、聞いて驚くな。最も奇妙なのはその映画が日本人監督で日本人主演だということだ」

(日本人だと……)

「そうだ。そしてその映画がインド神話を基にしたもので、どうやらアメリカ資本も絡んでいるらしい。となるとあの国のことだ、例のVFXがらみの、なにやら大仰な勧善懲悪っぽいファンタジー映画となる可能性が考えられるが、どうやらそうではないらしい。何よりもそれがマサラムーヴィー等とは一線を画した、かってないインド映画となりそうだ、ということだ」

「じゃあ聞くが、その映画はかってインドで撮影された同様の映画とどう違うんだ？　また、かってないインド映画とは、どういう意味なんだ？」

「俺の持ってる情報によると、その日本人監督はインドで急激に売り出した新進気鋭らしい。従来のインド映画に欠けていた纏綿《てんめん》たる男女の絡み合いのツボを日本人らしい感覚で描き切り、評価を上げたらしい。そして今度満を持していたかのように、大作に取り組んだ。それがリグ・ヴェーダ神話をもとにしての宇宙観、現代インドと日本社会との繋がり、あるいは現代世界の行く末まで描こうというんだから、ちょっと想像がつかない。撮影場所は西ベンガル州のコルカタ。映画の題名は、『マルト神群』とかいうそうだ」

　あまりに聞きなれない語句が先方から次々に発せられたので、笹野は頭の整理に少々の時間を要した。

「ちょ、ちょっと待ってくれ。今君の言ったリグ・ヴェーダとかマルト神群とかはいったい何なんだ」

「何だ、君だったら当然知っていると思ったんだがね。インドについての知識は俺よりも君のほうが断然上じゃなかったのかい」

「インドに行ったのはもうかれこれ六年も前になる。当然、記憶も知識も曖昧になる。それに、俺の知識はインドの古代の方面にはからきし貧しくてね」

「俺だってリグ・ヴェーダとかマルト神群とか言われたってどうにも説明の仕様がない。

近代芸術の映画がそれに挑戦しようとしているんだ。どうだ、芸術、芸能、文化ジャーナリストの君には打ってつけだろう。どうだ行ってみないか、インドへ、コルカタへ」

コルカタ、かってのカルカッタは、六年の間に変貌していた。

笹野は映画雑誌社の記者の内山秀和を伴って、コルカタのスバース・チャンドラ・ボース国際空港に降り立った。二月のことだった。

インドの二月は、日本の春のころの陽気と思えばよい。すこぶる日本人の体質に安定感をもたらす時期だ。

空港から乗ったタクシーはクラクションを鳴らしっぱなしだった。

道路をタクシーの中から見てみると、なんとも形容しがたい光景に満ちていた。自動車だけでなく、自転車、オートバイク、輪タク、歩行者、それに牛、犬までが我が物顔に道路を占め、歩を進めているのだった。信号も無ければ、交通整理の警察官もいない。混沌《こんとん》がわずかな規則を遵守しつつも、全てがゆるやかに、しかも喧噪のうちに過ぎ去ってゆく。

クラクションの洪水の中にタクシーはようやく撮影所に到着した。

「いやはや、混沌そのものだったな」笹野はタクシーから降りながらそう愚痴った。

コルカタの撮影所は想像していたよりも大きかった。これまで日本や北アメリカの映画撮影所しか取材経験のない笹野にとって、初めて目の当たりにするインド映画撮影所だったが、スタジオの数、働くスタッフの数など、かって見た撮影所と何ら遜色はないコルカタで作られるインド映画はほとんどがベンガル語映画である。

インド映画とひとくくりにされても実態はそう簡単なものではない。ムンバイ、ひと昔前はボンベイといったその都市で製作される映画、ヒンディー語で作られるそれらは「ボリウッド映画」と揶揄《やゆ》されて世界に広まった。それからタミル語、テルグ語、ベンガル語と映画で使われる言語によって製作される映画の多様性は、ほとんどがインド国民の娯楽を目当てにしているものだから、汎世界性《はんせかいせい》を有する作品は勢い限られてくることになる。大半がマサラムーヴィーとなって、映画館が庶民のうっぷん晴らしのための社交場とあい果てることとなるのだ。


笹野と内山はホテルに戻った。初日の取材は時間が足りなかったことと、取材初日ということもあり妙に硬くなり、失敗だと見て取れた。笹野は婆須槃頭の印象をどう清算してよいのかまとまりがつかなかった。翌日二人は七時にホテルを出た。今日こそはの意気込みで二人は気力を横溢《おういつ》させていた。

撮影所の通用門で守衛の許可を取り、スタジオめがけて真っ直ぐに歩こうとして二人は雰囲気の異常さに気付いた。

撮影所内の駐車場におびただしい数の車両が陣取り、降り立った人数が尋常ではなかった。皆、手に手にカメラ、録音器具、照明器具を携えて変に殺気だっている。欧米系と思われる報道陣が大部分だったが、中には東洋系の容姿や、一目でインド系と分かる報道陣も散在していた。笹野と内山は啞然として彼らを見つめていたが、自分らの取材と目的が同一ではないのか、優先権はどこにあるのかとの疑問で、不安が頭をもたげ始めた。

報道陣の中に笹野の知っている顔も何人かいたが、その一人が目ざとく笹野を見つけると声をかけてきた。

「やぁ、ミスター笹野！　久しぶりだな。君までここにいるとは知らなかった」

「ミスターワイズマン。僕も同感だ。元気そうで何よりだ。今日は随分と大勢のようだが何の取材だ」

「ここの撮影所で撮られるインド映画なんだがね。アメリカ資本と、技術、キャスト、その他が膨大に組み込まれると聞いて、取材に駆け付けたわけさ。中でもプロデューサーの一人が大物と聞いてみな色めきだっている」

「へー、でそのプロデューサーというのは誰なんだ」

「知らないのか、P社のアイザック・ハマーシュタインだ」

笹野はぎょっとした。その男こそ今日、笹野たちがインタビューしようとしていた相手に他ならなかったからだ。

笹野が口ごもったのを見て、ワイズマンは畳みかけるように言った。

「とにかくだな、ハリウッドがいよいよ本腰でインド映画を吸収合併しようとしているのを見逃す手はない。それでみんながニュースにしようと乗り込んだんだ」

笹野は当惑した。自分たちの聞いていた情報では映画はインドの資本で日本人監督、日本人主演、アメリカの技術提供で、製作陣にハマーシュタインが名を連ねていても、それで即ハリウッド映画になるなどということはあり得ない、と聞いていた。しかし、ここの取材陣は皆、ハリウッド映画がインド映画を買収せんと決めつけてでもいるかのごとく振るまってはしゃいでいる。

「デービッド、実は僕たちもそのハマーシュタインにインタビューを申し込んでいるんだ。時間的にどうなっているんだ」

アメリカのニューヨークジャーナル記者に、笹野は気軽に名前で呼びかけたが、反応は意外なものだった。

「笹野、この件はまず当社のスクープとしてトップにあずからせてもらう。まずは我々が最初にインタビューを行うことにする。君たちはその後ということになるな」

インタビューの会場は、撮影所内の大ホールでということだった。

報道陣はひしめき合うようにホールに入っていった。笹野たちも末席に陣取った。

ホールのエアコンが作動し始めた。人いきれの蒸し暑さがどうにか解消し始めた。

午前八時きっかりに壇上に数人の要人が着席した。頭の少し禿げ上がった五十がらみのインド人と思しき男が立ち上がった。

「撮影所長のナーラーヤン・ハービクです。今日は世界各地から報道陣がおこしとのことで、急遽《きゅうきょ》会場をしつらえました。当撮影所として皆様を歓迎いたします。このコルカタで撮影される映画にハリウッドからの参加をいただいたことで、ニュース性が倍増されてこのような賑わいとなったわけであります。どうか皆様には忌憚《きたん》のない報道をされんことを切に希望いたしております」

次に司会者と思しき男性の自己紹介があり、壇上の要人の紹介が始まった。数人のインド人男性が製作者として紹介された。そして中央に座っていた日本人とみられる男性を司会者は、

「監督および脚本の涯《がい》　鷗州《おうしゅう》氏。日本人です」と紹介した。

今まで拍手をおざなりにやっていた報道陣から、どよめき交じりの拍手が起きた。日本人が監督ということを初めて知ったような雰囲気のものも少数いたようだ。

「涯　鷗州」と呼ばれて立ち上がったその男性は、年のころは三十代後半の気鋭十分の偉丈夫といってよかった。茶のブレザーに黒のズボン、赤く日焼けした素顔はあごひげで縁取られ、ホール全体の報道陣を射すくめるような眼光が奥まった眼窩《がんか》から発せられている。立ち上がった肢体から目見当でも百八十センチを超える長身と見て取れ、全体がどっしりと地に生えた樹木を連想させる雰囲気である。

「あっ、あの男は……」内山が笹野の傍らでつぶやいた。

「どうしたんだ、あの涯鷗州がどうかしたのか?」

「笹野さん、やっと見覚えのある日本人に出会いましたよ。あの涯鷗州と名乗っている男、十二、三年ほど前に日本から行方をくらました、独立プロ系映画の監督、山野辺雄造です。間違いありません。あれからどこで何をしていたのか、雰囲気がすごく変わりましたが、このインドでお目にかかるとは思ってもみませんでした」

「やまのべゆうぞう、か。僕には全然覚えがないが、とにもかくにも、日本人であることに間違いはなかったわけだ。この映画は実に興味深いものになりそうだぞ」

最後に司会者は涯鷗州のすぐ右隣に座っている白人を紹介した。

「アメリカはハリウッド　P社のアイザック・ハマーシュタイン氏です。氏によってこの映画の全世界公開の道筋がつけられたといって過言ではないでしょう」

ハマーシュタインはおもむろに立ち上がったが、その際、ハービク撮影所長と涯監督に軽く会釈を送った。想像していた以上に温厚なふるまいだった。会場のボルテージが急激に上昇していくのが笹野たちにも判った。

司会者は、現在撮影されている映画の現状をかいつまんで説明し、いよいよ会見に入った。

挙手で先頭を切ったのは、最前列に陣取っていたニューヨークジャーナルのワイズマンだった。カメラの放列、シャッター音の連続の中で彼が質問をぶつけたのは、言うまでもなくハマーシュタインへであった。手にしたハンドマイクで彼はこう切り出した。

「ニューヨークジャーナルのデービッド・ワイズマンです。P社のハマーシュタインプロデューサーにお聞きします。インド映画といえばまずムンバイのヒンディー語のボリウッド映画を思い出しますが、ここ、コルカタのベンガル語映画に技術的とはいえ、投資なさったのは何故なのか、ハリウッドの六大映画社のトップ　P社が投資するにはやや相手が小粒ではありませんか？　なぜ、ボリウッド映画を差し置かれたのか、そのことをお聞きしたい」

ハマーシュタインは目の前のスタンドマイクからマイクを抜き取るやおもむろに答え始めた。

「なるほど、君たちマスメディアにはそう見えますか。私はP社を代表するものではないから、一概にそう決めつけられても答えに窮する。しかし、これだけは言える。ここ、コルカタで今製作されている映画は世界映画史上類を見ない問題作、大傑作になると固く信じる。なんとなればコルカタで作られるからだ。ムンバイではこうはいくまい。ムンバイのボリウッド映画とはすでにU社、F社などが提携を結んでしまっているし、P社の出番は限られている。P社としては一過性の娯楽作で実を取るより、後世に名を遺す道を選択したまでだ」

いささかむっとした表情でハマーシュタインは答えを終えた。

すかさずワイズマンが質問を繋いだ。

「それではミスターハマーシュタイン。ハリウッドがインド映画をその影響下に置こうとするその流れの中でこのたびの提携の形となったのは、アメリカ資本のインド映画に対する勝利とみなしてよいものでしょうか」

「君たちアメリカのマスメディアはどうしてそうなんだ。アメリカ以外の他国に対してそう居丈高《いたけだか》になるものではない。我が国は確かに映画の発祥国《はっしょうこく》ではある。しかし今日映画は世界全体に波及し、その国の文化の一端を担うまでになっている。今や逆輸入の形でアメリカ映画に影響を与えていることさえある。勝利云々などとはお門違いもよいところだ」

ワイズマンはいささか不満げに質問を打ち切った。

次の質問者が立ち上がった。

「ウォールストリートタイムズのアラン・フォートワースです。このたびのここコルカタでの制作発表は映画の制作が始まった段階で行われようとしています。すでに製作中の映画をどうして今、大々的に我々の前で制作発表しようとなさるのか、その真意をお伺いしたい」

ハマーシュタインはインド人の製作者を身近に呼びつけ、小声で話し始めたが首を小さく振り、踵《きびす》を返して隣の監督、涯鷗州と目配せを交わした。涯鷗州は頷き、マイクを手にして答えようとし始めた。笹野たちは当然のように身構えた。しかしその時、司会者が口を挟んだ。

「今の質問は答える相手を指示しておりません。誰の答えを希望しておられるのか。質問者にお聞きいたします」

再度マイクを手にしたフォートワースが、

「私の質問は、映画全般に関わることとして発しました。ではは撮影所長のハービク氏にお答え願いましょう」

冒頭で挨拶したナーラーヤン・ハービク撮影所長がマイクを持って立ち上がった。

「お答えいたしましょう。監督の日本人涯鷗州氏は私の古い友人です。この撮影所で何本かのインド映画を撮られ、おかげでここベンガル州では好評でした。私は彼の映画監督としての力量に信頼を置いていました。その彼がある日、意を決したかのように、企画脚本を持ち込んできたのです。私はその企画の雄大さ、雄渾《ゆうこん》さに肝をつぶしました。しかし、時の氏神とでも言いますか、見る見るうちに賛同者が増え優秀なスタッフ、協力者も集まり、撮影があれよあれよと言う間にスタートしていったのです。その後、進行していた撮影がいつしか外部に漏れて、制作途上での発表という本日の事態となりました。決して秘密にしていたわけではありません。私もこの映画には何かデーモニックな背後の力を感じてならないのです」

会場がざわめき始めた。質問者が変わった。

「ウィーク・ニューズのヨハネス・ビヨルテンボルグです。このまだ題名さえも決まっていない映画がどうしてこれほどの興味を誘うのか。我々マスメディアには、インド・ヨーロッパ語族の誼《よしみ》からではないかと冗談を飛ばす輩もいます。私は監督が日本人であることに意味を見出そうとしましたが、違っておりましょうか？　涯監督にお聞きいたします。何故この映画を撮ろうとなさるのか。また、配役に日本人を入れるなどをなさろうとされるのか。質問は以上です」

スウェーデン系と思われる若い記者は、そそくさと座り涯鷗州の答えを待った。

涯監督はさっきとは違って、やや物憂げにマイクを持って立ち上がろうとした。その時、ハービク所長が横やりを突き出した。

「涯監督は撮影の合間にここに立たれました。彼のこの映画に対する取り組みは傍から見ていても凄まじいものがあります。彼の意図は私にも、ハマーシュタイン氏にも十分すぎるほどに伝わっております。彼がこの席で皆さんに発表できるのは、題名と、主役の日本人俳優の概略ということでよくはありませんか。それ以上お聞きしたければ、後日、特に席を設けてということにいたしましょう」

所長は涯監督に発言を譲った。涯監督はおもむろにマイクとともに立ち上がった。

笹野たちも今度こその気持ちで固唾《かたず》を呑んだ。

「監督の涯鷗州です。このたびの映画の題名は『マルト神群』といたします。よほどのインド神話に詳しい人でない限り、このマルト神群をご存じではないでしょう。雷神インドラの配下、複数の同一個性集団、ルドラ、のちのシヴァ神の実の息子たち。このインド世界にもメソポタミア世界にも、聖書世界にも自由に行き来出入りして、人類との折衝《せっしょう》を図った神々です」

ここまで監督はやや拙い英語で一気にまくし立てた。そして大きく息を継ぐと、

「この映画の意図など実を言いますと何もないのです。何か背後の大きな何かが、私をして映画として作り上げようとしている。そうとしか申しようがありません。そのきっかけを作った人間が一人います。日本人俳優、この映画で主役のマルトを演じる『婆須槃頭』です。彼との出会いがなければこの映画に行き着けなかったでしょう。しかし今、皆さんがこの男にお会いするのは不可能でしょう。ただ一つだけ言えるのは、この俳優は全人に近い存在だということです。彼の概略をとの質問ですが、彼も詳しく自分のことを話さないので私も知りようがない。ただ一つ言えることは……いや、これを申し上げるのはやめましょう」

涯は突然言葉を打ち切って着席した。会場のざわめきがにわかにトーンを上げ始めた。

ビヨルテンボルグが再び詰め寄った。

「監督、我々はこの映画にただならぬ気配を感じてこうして全世界から集まったのです。

世界に向けて、何か発信していただかなければ立つ瀬がありません。あなたは今、製作意図などないとおっしゃるが、果たしてそんなことで映画が撮れるものでしょうか。その日本人俳優はあなたにどのような影響を与えたのでしょうか？　おっしゃってください」

「ただ今、私が製作意図などないと言ったのは、先程のハービク所長の答えと矛盾するものとお考えのようですが、そうではありません。私の脚本を十分に読んでいただければ、意図は伝わるはずです。そのことをこの席で説明しようにも言葉では表現しようがないのです。昔から東洋には以心伝心《いしんでんしん》という言葉があります。我々はその以心伝心によってここに集まり一つにまとまり活動しているのです」

壇上のインド人プロデューサー達も頷きあった。

「ではそのきっかけを作った俳優は監督に、ハマーシュタイン氏にどういう働きかけをしたのか知りたいと思います。彼に会わせてください」

涯は隣のハマーシュタインと小声で話を始めた。ハマーシュタインはハービク所長を呼んで何かの指示を与えた。うなずいたハービクは部下の一人をスタジオに向かわせ、取材陣に向かってこう切り出した。

「皆さん、涯監督にこの映画を作らせた俳優は残念ながらこの席にはいません。涯監督もその俳優のことをこれ以上公《おおやけ》にしてほしくないと言っておられます。それでも不満を覚えられる方のために、こういたしましょう。その俳優によく似たインド人俳優をここに呼びました。彼のいでたちから『婆須槃頭』を想像してみてください」

ホールの後方のドアが厳かに開けられ、一人の男優が扮装のまま会場に現れた。驚いたのはその後からもほとんど同じ扮装の男優が二人引き続いて現れたのだ。笹野と内山は昨日取材した婆須頭槃と彼らの容姿がひどく似ていることに気づいた。三人の男たちは昨日の婆須槃頭と全く同じ扮装をして目の前を通り過ぎていく。まざまざと昨日の取材の印象がよみがえった。

会場の報道陣のどよめきの中、かき分けるようにして進んだ三人の男たちは、涯監督たちに背を向ける形で報道陣に向き合った。報道陣のカメラのフラッシュがせわしく瞬いた。

「いかがでしょう皆さん。これが主役のマルト神群のいでたちです。いかんせん彼らは主役のスタントマンです。主役が二十七役もこなさなくてはならないので、集合時の用意として彼らを用意したのです。彼らはほとんどセリフがありません。しかしですね、彼らは主役の熱烈な崇拝者です。信奉者です。できる限りの質問を受けると言っています。よろしかったらご質問なさってください」

ハービク所長の声に促されるようにして、一人の記者が手を挙げた。

「ニューズ・ワールドのクリストファー・ハリマンです。中央の男優の方にお聞きします。あなたにとっての婆須槃頭という俳優はどのような存在なのでしょうか」

背格好が婆須槃頭に一番よく似通っていると思われる若いインド人男優が、マイクを手におもむろに口を開いた。全身の筋肉がぶるぶる小刻みに震えだすのではと思われるほどの巨漢である。

「俳優としてとても私の太刀打ちできるお方ではありません。組打ちをやったって私が負けるでしょう。私はこのように映画では脇役風情《ふぜい》です。あの方はそういう私たちにも一切区別をなさらない公平なお方ですが、しかし俳優となると、まるで神話の世界から抜け出てきたかのように周囲を圧倒し始めるのです。とても、我々と同じ空気を吸っている人間とは思えないほどに。普段は一介の映画技術者に過ぎない人が」

最後の一言に会場全体がどよめいた。

「婆須槃頭は俳優じゃなくて、映画技術者だというのか」

「じゃどうして映画の主役になれたんだ」

「彼の経歴はどうなっているんだ」

口々に報道陣から言葉が飛んだ。

質問に答えた男優が、しまったという風にうつむいた。

一番顔が青ざめたのはハービク所長だった。彼は壇上のハマーシュタインと涯監督を見やった。涯監督は両手を交差させて会見の打ち切りを示唆した。ハマーシュタインがおもむろに立ち上がった。

「会場の記者諸君。今日はよくぞ私たちの映画の取材のために、世界各地からこれほど集まって下さった。心から礼を言う。ハリウッドの映画制作会見だってこれほどの記者が集まることはあるまいと思う。今、インドの俳優が主役について発した言葉は真実だ。婆須槃頭と名乗る主役の日本人は、俳優としてだけでなく技術者としての功績も大変なものだ。日本人の勤勉でひたむきな態度、ひらめきとそれを体現化する能力、どれをとっても一級品だ。インドコルカタ映画の今日の水準の一端は彼に因るとも言ってよい。私が彼と出会った時のことを話そう。彼は開口一番こう言った。

『リグ・ヴェーダ賛歌にこのようなことが書かれてあります。

（そのとき太初において無もなかりき、有もなかりき、空界もなかりき、その上の天もなかりき。そのとき、死もなかりき、不死もなかりき。誰か正しく知るものぞ、この創造、現象界の出現はいずこより生じ、いずこより来れる。神々はこの創造より後なり。しからば誰か創造の起こりしかを知るものぞ）

旧約聖書の天地創造よりもずっと以前の事物を語った、この宇宙開闢《かいびゃく》の歌こそ、これからの人類に安寧と、永遠の充足をもたらすものではありませんか』と。

その時私は悟った。このインドの思想は、私たちヨーロッパ人種よりもはるかに深く宇宙の実相を把握《はあく》していると。我々人間の及びもつかない昔に宇宙の創造は始まっていた。それをインド人は知っていたのだ。彼はまたこうも言った。

『いま人類世界は急カーブを描いて、破滅への道を突き進んでいます。なんとなればここたかだか二千年の人類の膨張と文明の発展は、それまでの何万年かの時間を大きく凌駕《りょうが》して、性急に人類を夢たぶらかして、謙虚さと素直さを奪いました。それでいながら人類は厳しい人種差別を徹底させました。白色人種はその中では最上級の位置に座して、決して有色人種と与《くみ》しません。彼らの生活を根こそぎ自分らの価値観へ組み込もうとしています。それがいかに無謀であってもやむことがない。私はこの習癖《しゅうへき》に大いに異議を唱えたい。それが人類世界の破滅へのカウントダウンを遅らせることになるのなら』

そう言った彼がここコルカタでこたびの事業をやり始めた。私がここで声を大にして君たちジャーナリストに言いたいのは、このインド映画が日本人の手を加えて、うなりをあげて全世界へとメッセージを送り始めたということだ。こたびの映画『マルト神群』がどういった映画になるのか、しかとその眼《まなこ》で見定めてほしい。本日はもうこれ以上話すことがない。これで本日の会見を終えることとする」

あまりに性急な会見打ち切りに会場は一気にざわめきたった。壇上の人物たちは皆立ち上がり、出口に向かい始めた。

司会の男がこう切り出した。

「会場の皆さん。本日の会見はこれにて終了いたします。まだ壇上の出席者に質問取材をされたい方は、撮影所事務局までお申し込みください。後日二回目の会見を設定し、日程をお知らせいたします」

これに大多数の記者たちが反発した。

「何を血迷ったことを言っているんだ。我々は時間を割いてはるばる遠いところからわざわざ取材に来たんだ。今日を外すともうここには来れなくなる記者だっているんだぞ」

「ですが、もはや会見打ち切りとなりましたので、そこのところは悪しからずということで」

司会者と記者たちが激しくやりあっているうちに、笹野たちはホールを出た。笹野は何故だか、婆須槃頭と今日のうちにもまた会えるような気がしてならなかった。内山と二人で廊下を歩いているうち、突然、二人の前に先ほどのマルトの扮装をした男優の一人が道を塞いで話しかけてきた。

「日本から来られたジャーナリストの方達ですね。あなた方と話をしたいと所長や監督達が待っておられます」

流暢《りゅうちょう》な日本語だった。笹野と内山は顔を見合わせ頷きあった。

「やはりと言おうか、なんだかこうなるような気がしていたよ」

笹野たちは男優の後についていった。やがて、二人は一室に案内された。入室するとそこは華美さを一切打ち払った応接室だった。

そこにはすでに三人の人物が座って二人を待ち構えていた。三人とも先ほどの会見の中心人物である。

「ようこそ、当撮影所へ。日本からのお出ましを歓迎いたします」

ハービク所長が立ち上がり、笹野と内山とに握手した。そして、ハマーシュタインと監督の涯鷗州も立ち上がって笹野たちと握手を交わした。笹野は近距離でハマーシュタインと涯監督を見比べた。

どちらも重厚な風格ながら、近づきがたい印象ではなかった。

「日本の映画ジャーナリスト笹野忠明です。こちらは映画雑誌記者内山秀和君。このたびの映画に並々ならぬ興味を持って取材にやってまいりました。先ほどの会見の模様はホールの後方でつぶさに見させていただきました」

「あなた方が居たことは十分承知していました。彼らマスメディアが知りたいことは、私の動静《どうせい》が主であることも承知してましたが、ああも露骨《ろこつ》に日本人をスルーするやり方はいただけない。このたびの映画についてホールでどうしても言えなかったことをあなた方に伝えましょう。決して日本人をえこひいきするわけではないが、日本人にしか理解できないことをあなた方に判っていただきたいのです」

ハマーシュタインは笹野の顔をはっしとにらむように見てから矢継ぎ早に言葉をつないだ。

「監督の涯鷗州です。どうやら御同行の内山記者は私の正体を見抜いておられるようですな。ここインドでの私の経歴を含めてお話しいたしましょう。後ほど珍客もご紹介いたします」

涯鷗州はちらっと内山を見やりながら日本語で挨拶し、握手をすますと着座してハマーシュタインにも小声で話しかけた。ハマーシュタインは笑みを浮かべた。

ハービク所長が二人に飲み物を薦めながら口火を切った。内山は録音機を設定し、笹野はメモを取り始める。

「日本の方々、近代において同じアジアの民族としてインド人は日本人を畏敬《いけい》の眼《まなこ》で見ていました。奇跡といってもよい明治維新、その後の国会開設、近代憲法制定、日清日露両戦役《りょうせんえき》における予想を覆《くつがえ》す日本の勝利、特に日露戦争における日本の勝利は、わがインドの若かりし頃のネルーをして、有色人種でも白色人種に勝てるとの確信を強く抱かせ、のちの英国植民地からの脱却、独立への道筋をつけてくれたのです。日本の人々はご存じないかもしれないが、明治期からのインド人の日本遊学熱は大変なものでした。しかし、インドの独立には、まだまだ時間をかけねばなりませんでした」

滔々《とうとう》と熱い口調で述べる所長は、まるで全インドを代表してでもいるかのように二人の日本人には感じられた。

再び所長が言葉をつないだ。今度は傍らのハマーシュタインを意識しているかのように。

「さて、このコルカタからは世界に向かって大いに誇ってよい人物が四人出ました。一番古いところで詩人でノーベル賞アジア初の受賞者、ラビンドラナート・タゴール。タゴールのベンガル語を介した数々の詩集はその後、インド国歌、バングラデシュ国歌の作詞、作曲へと繋がっていきます。日本との繋がりも深く、五度にわたって訪日し、日本の伝統美を称賛しつつも、戦争に突き進む日本への危惧《きぐ》を伝えることも忘れませんでした。タゴールはガンディーのインド独立運動を支持して、ガンディーに『マハトマ』の尊称を贈っています。次に出てくるのが、スバス・チャンドラ・ボースです。

彼は、生まれこそオリッサ州のカタックですが、カルカッタ大学に進みそこで反英闘争に参加し始めます。その後イギリスのケンブリッジ大学院に進み、インド帰国後はますますインド独立運動に邁進《まいしん》し、カルカッタ市長に選出されるもイギリスの手により免職《めんしょく》。その後もインド国民会議派の急進派として活躍します。ガンディーの非暴力主義によるインド独立運動を非現実であるとして毛嫌いし、イギリスの武力には武力に拠ってこそ独立は達成されるとの信念を終生変えませんでした。ガンディーと袂《たもと》を分かったボースはその後ソビエトを頼ろうとしてドイツ、イタリアに接近しますが失敗。次に目を付けたのがイギリスと対立を深めていた日本でした。

一九四一年の日本軍のマレー作戦をきっかけとした日本のインド洋制圧の情勢に好機が来たと見たボースは、潜水艦でドイツから日本に渡り東京に到着します。そこで直ちにインド国民軍最高司令官に就任したボースは時の日本国首相東条英機《とうじょうひでき》と会談、インド独立への協力を要請します。東条は援蔣《えんしょう》ルートの切断と合わせて、インドの独立を有利と鑑《かんが》み協力を約束します。日本軍が制圧していたシンガポールで自由インド仮政府の首班となったボースはインド国民軍の創設を進めて再び来日。日本国民にインド独立の支援を訴えます。

そして、日本は一九四一年に秘密工作機関「F機関」を設立し、インド独立支援に向けて動き出します。首班は藤原岩市少佐でした。

東条は一九四三年に大東亜会議を東京で開催し、アジア植民地の独立への機運を高めました。むろん、ボースも会議に参加しました。

そして一九四四年の運命のインパール作戦です。

ビルマから英領インパールまでインド英国軍へ打撃を与えるための進軍制圧。ボースは国民軍との同行を許されず、ビルマに残りました。

私が思いますに、この作戦はもっと早期にせめて一九四二年までに行うべきでした。連合国軍に劣勢を強いられ、制空権も奪われていたあの情勢では圧倒的に不利でした。あれは日本の、ボースに対する情があったとする見方がありますが、私にはその気持ちがよくわかる。また雨季が予想以上に早く訪れ日本軍とインド国民軍を悩ませました。補給を軽視したことも代償大きくのしかかってきました。インパールに着いた時、インド国民軍兵士は大地に伏しは比較的うまくいっていました。インパールに着いた時、ビルマからインパールまでの行軍は当初てインドについた感激を隠しきれなかったといわれます。しかし戦闘は過酷でした。空からのイギリス軍の攻撃、背後からの連合国軍の攻撃に作戦はままならず、飢えと罹患《りかん》でつぎつぎに泥濘《でいねい》のなかに死体は埋まっていきます。このときイギリス陸軍の先陣を切らされていたのが、当時世界最強の歩兵と言われたネパールのグルカ兵でした。アジア人同士で戦わせ、白人はそのあとでおいしいところをもらっていく。非常に汚いやり口です。日本兵たちはインド兵の前に立ち、体を張って攻撃を受け持ちました。その姿にインド兵たちもグルカ兵たちも、日本軍の気高《けだか》さを感じ取ったといわれます」

ハービク所長はそこで息を継いだ。目にはかすかに涙がにじんでいた。傍らのハマーシュタインも、涯監督も瞑目したまま言葉を発しなかった。

「補給もままならず攻めるに困難。飢えとマラリア、風土病でみるみる死体の山。雨季の大雨は容赦《ようしゃ》なく兵士たちを打ち据えていきます。ついにインパール撤退の決断が下されます。それは悲惨という形容を超えるものでした。豪雨の中、びしょぬれで武器もままならないで幽鬼のようにぬかるみを歩いていく日本軍とインド兵。イギリス軍の空からと背後からの攻撃は情け容赦もありません。

後に白骨街道と呼ばれた撤退ルートでした。おびただしい何万という飢えと病に倒れた日本兵とインド兵の白骨が点在するその街道に行ったことはありませんか。私はこのコルカタから何度も現場に足を運びました。私の愛する人の骨を探すために。それは私の祖父でした。そうです、祖父マヘンドラ・ハービクはインド国民軍のインパール派遣軍の兵士だったのです。撤退行軍中に戦死をしたことまでわかっているのですが、現場のおびただしい白骨の中に彼を探し出すことは困難でした。いまは、ひたすら彼の冥福を祈るのみです……。

そして、後のインド独立の契機を生み出したこの作戦、悲惨な作戦でしたが敵イギリス軍にも多大な損害を出させ、インド国民を覚醒させてインドの独立は早まったのです。尊い命を投げ出された日本軍兵士の皆様には、感謝を捧げ、ご冥福を祈るほかはありません。ネタージと後に呼ばれたチャンドラ・ボースのことですか。彼は一九四五年日本敗戦時に、台湾からソ連に向かおうとして飛行機事故で亡くなりました。日本がだめなら次はソ連と思ったのでしょうが、それがいかに日本人の心根を傷つけるか。彼の行いのドライさに少々はにかむ思いです。

さて、コルカタが生んだ三人目の偉人。それは映画人です。私が所長を務めるこの映画撮影所で不朽《ふきゅう》の作品群を生み出した映画監督、サタジット・レイです。コルカタの有名な芸術一家に生まれた彼は、若いころからヨーロッパ映画に親しみ、デザイナーの仕事のかたわら自主映画を作るようになります。その最初の劇映画こそベンガル文学の小説を映画化した『大地のうた』でした。一九五五年、彼三十四歳の時の最低予算、アマチュアの俳優たち、その他手探り状態で作り上げた映画でしたが、国内外の評価は圧倒的でした。その後『大河のうた』『大樹のうた』とオプー三部作と呼ばれる傑作群は国際映画祭で主要な賞を受賞します。その他珠玉《しゅぎょく》の作品群は世界の映画ファンを魅了し、作風や動機に変遷は見られても作品の根底には常にインド民衆の、ベンガル民衆の心情が細かく描かれていました。彼の尊敬する日本の黒澤明には六十年代に訪問し、会う機会を持ちましたが、黒澤の妻は『あれほど立派な人は見たことがない』と驚嘆の言葉を残しています。黒澤本人も『サタジット・レイの映画を見たことがないとは、この世で太陽や月を見たことがないに等しい』とまで述べました。レイは一九九二年に七十歳でコルカタで没しましたが、ベンガルの文化的象徴だった彼の死に、世界は深くこうべを垂れました。今現在この撮影所で製作されている『マルト神群』は、偉大な映画人サタジット・レイに対するオマージュとして製作されているといっても過言ではないでしょう」

ハービク所長の長いふり絞るような話は一応終わった。

笹野は、ふーっと一呼吸置くと、所長に向き直った。

「ハービク所長、ただ今のお話は不肖《ふしょう》日本人の私にも初耳と思われることが多かった。あの大戦争後、我々日本人はGHQに耳も目も口もふさがれて、ひたすら日本悪玉論を信じ込むよう操作されました。世論もマスコミを通じて平和至上主義に傾いていきました。戦争の実質など知ろうともしない、いびつな平和教育もまかり通っていきました。人間を究極の不幸に貶《おとし》める戦争は絶対悪そのものだというのです。インパール作戦を指揮した牟田口廉也《むたぐちれんや》中将は、戦後その不手際を指弾《しだん》され罵詈雑言《ばりぞうごん》の嵐を受け、愚将《ぐしょう》の烙印《らくいん》まで押されました。しかし、彼にも一つだけ良い点があった。それはインド国民との信義を守り実践したことです。あの戦争に敗れた日本に大義があったとすれば、植民地化された大部分のアジアに独立の希望を灯したことでしょう。それは結果論であって、大部分は日本の侵略に駆られての戦争であったという風潮もあることは知っています。しかし、考えてもみてください。戦争は国の内外を問わず人間の本能にもとづく行為です。有史以来、ひと時たりとも人間は戦争をやめなかった。この闘争本能をどうにかしない限り戦争は永久に地上から収まらないでしょう。戦争の悲惨さに人類はようやく目を向け始めました。それは戦争の規模と複雑さの増大によって個人の尊厳が踏みにじられていく、その一点からの目覚めでしょう」

「おっしゃる通りです。わがインドの歴史を振り返っても闘争、戦争の連続だった。『マハーバーラタ』でクリシュナは、戦争に躊躇するアルジュナ王子を叱咤《しった》して人間の生死を輪廻《りんね》の枠でとらえて、戦争で死んでいくのもやむなしとする独自の倫理観を披瀝しました。この部分は特にバガヴァッド・ギーターと呼ばれています。

しかし、彼は神だった。ビシュヌー神の化身としての神だった。その神が言ったということは、戦争肯定もやむなしということになる。良かれ悪しかれインドのヒンドゥー教徒はその教義に則ってこれまでやってきました」

「先ほどのチャンドラ・ボースの件ですが、ネタージとはどういう意味でしょうか」

「ネタージとは指導者という意味です。台湾で飛行機事故で亡くなったことは先ほど話しましたが、遺体は当地で荼毘《だび》に付され遺骨はなんと日本に向かったのです。東京の蓮光寺《れんこうじ》というお寺が遺骨を引き取り毎年命日の八月十八日に法要が行われております。何故遺骨がインドに渡らなかったって？　それはインドがネタージの死を信じなかったからです。彼はきっとどこかで生き延びてインドの独立の機会をうかがっている。そう信じるインド民衆はインパール作戦のインド国民軍の生き残り指導者がイギリスによって裁判にかけられようとしているのを見てひどく激高し、そしてその怒りは全インドに広がりました。

イギリス側もこれはまずいと思ったのでしょう、指導者たちを解放。そして民衆の怒りはインドの独立へと繋がっていきます。そしてついに一九四七年八月のインド・パキスタンの分離独立となったのです。

今でもインド民衆の多くは非暴力主義のガンディーよりも、あくまで武力による独立を掲げたネタージ・スバス・チャンドラ・ボースをずっと崇拝し、尊敬し続けています。先ほどのクリシュナのバガヴァッド・ギーターで論じた戦争肯定の論理がここで生きてきたわけです。植民地支配していたイギリスから見ればガンディーの方が都合がよかったのでしょう。彼を主人公とした映画『ガンジー』をぬけぬけとイギリス映画として作り、主役を印英混血のベン・キングズレーに演じさせています。インドでの興行成績は言わなくてもわかるでしょう。

その後、敗戦国日本は戦勝国によって裁判にかけられ理不尽な裁きを受けました。その裁判でインドから一判事として指名を受け、日本無罪を主張したのがベンガル州出身のラダ・ビノード・パールでした。これが四人目のコルカタの偉人です。パールの日本無罪論は、裁く方の手も十分に穢《けが》れ汚れているではないかというインド人のイギリスへの実感から出た法理論によるものでした。今でもこのパールの主張は欧米の統治者の喉にひっかかる小骨として生きています。日本人はパールの言説にもっと自信を持つべきなのです」

ハービク所長の思いのたけは終わった。

笹野の次の取材相手はハマーシュタインだった。ハマーシュタインはおもむろに口を開いた。

「私の所属するハリウッドのP社は一九一二年の創立以来、〝有名俳優を名作で〟の方式で、数々のヒット映画を生み出してきた。映画のトーキー化、カラー化の時代を潜り抜け、俗にP社訴訟と呼ばれる一九四八年の独占禁止法抵触訴訟を経て、スタジオシステムの崩壊から、フリー・ブッキング制に移行という荒波を乗り切り、今日ハリウッド最大のメジャー会社としての存在を維持している。最近ではVFX（特殊技術効果）の発達によるリアルな映像を多く作り上げて、その進歩は他の追随を許さない。そして古くは『イントレランス』『十戒』『クレオパトラ』などの歴史大作、新しいところでは、『ゴッドファーザーシリーズ』『インディ・ジョーンズシリーズ』『タイタニック』などの世界的ヒット作品、『シェーン』『サンセット大通り』『めまい』『誰が為に鐘は鳴る』などの良心的作品など枚挙にいとまがない。私の制作分野は最近はＶＦＸ多用のＳＦ作品が多くなったが、そのことと今回のことでは大いに関連性がある」

「その今回のインドコルカタの映画製作に、プロデュースを買って出られたという動機はいったい何だったのでしょうか」

笹野の質問にハマーシュタインは目を一瞬ぎょろつかして、一呼吸おいた。そして、

「私は一介《いっかい》のユダヤ教徒だ。あまり敬虔《けいけん》ではなかろうが、そのユダヤ人、ユダヤ教徒がこう言っては神の逆鱗《げきりん》に触れるかもしれないが、この際だ、あなた方日本人にだけうちあける。その動機とは、一神教の世界観からの脱却《だっきゃく》だ」ハマーシュタインは言葉を続ける。

「ユダヤ教徒がその根本教義とあがめるモーゼの十戒を知っているね。その第一節にこう書かれてある。（我以外に何人も神とあがめるべからず）。これが一神教の根幹だ。かってヨーロッパは多神教の世界だった。その痕跡はギリシャ神話や北欧神話に残っている。それが一神教のユダヤ教と、それから派生したキリスト教一色に覆い尽くされるや、文明の媒体としてのヨーロッパはまさしく地球文明の覇者となっていった。それからの惨状は目を覆わんばかりだ。ヨーロッパ文明の鬼っ子的存在のロシアとアメリカは、それぞれ大陸国家と海洋国家の特性を生かし、共産主義とグローバル主義を世界に蔓延《まんえん》せしめ、世界の混乱の口火を切った。海洋国家の本家元祖ともいうべきイギリスは、全世界に植民地を設け、有色人種に恨みを内蔵させた。その三国の領袖《りょうしゅう》が第二次世界大戦の末期、ヤルタに集

まって断末魔《だんまつま》の日本の行く末を協議したわけだ。また中東ではイスラム教が勃興し、一神教世界同志の近親憎悪の争いが際限なく繰り広げられている。もはや一神教の世界には世界を安定に導く力も方向づけもできないだろう。ユダヤ教徒の私がこう言うのもおこがましいのだが、世界はここいらで多神教の、中でも日本人の宗教性のおおらかな融通性《ゆうずうせい》と、インド人の神話にみられる鷹揚《おうよう》な多様性に学ぶ時期が来ているのではないのか。その気持ちを抱いていた時にこの映画の計画を知った。まさに天運だった。ここにおられる所長と監督は私の過去世からの紛れもない恩師である。これは疑うべきもない事実だ。私はハリウッドで今まで製作して、製作しきれなかった映画をついに、ここインドで作ることができるのだ」

ここでハービク所長は、ハマーシュタインに映画製作全体の財政援助、技術面のスタッフ、俳優の手配集合、その他もろもろの全面協力体制を敷いてもらっていることを簡潔に説明した。ハマーシュタインの並々ならぬ情熱は、自らのユダヤ教徒としての矜持《きょうじ》をかなぐり捨てての、捨て身といってよいものと見て取れた。

「ではハマーシュタインプロデューサー。あなたとそこにおられる日本人、涯鷗州監督とはどの様なきっかけで出会われたのですか。また、涯監督のこの映画のどこに魅力を感じられて製作を買って出られたのですか」

「その質問については、涯監督自身に語ってもらおう。監督が自身の撮る映画やそれにまつわる話をすることは、聞きたくてもなかなか聞けるものではないからね」

ハマーシュタインは右手を額に当て、二、三度首を振って瞑目した。そのポーズは果たして言って良かったのかと自問する、一ユダヤ教徒の無垢《むく》の姿と見て取れないこともなかった。

笹野の目は涯鷗州へと注がれた。涯は日本人の質問に日本語で答え始めた。

「今、ハマーシュタイン氏が言われたことはユダヤ教徒として如何《いっか》な、勇気のあることでした。またハービク所長も一人のインド人としての我々日本人に対する思い、まことに心身に染み渡るものがありました。さて、まず私とハマーシュタイン氏との出会いですが、私が映画に絶望して日本を離れた十三年前のことからお話しいたしましょう」涯はコップの水を一口飲んで、間を置いた。

「私は、日本で映画監督になりたてのころ、日本映画の諸先輩の足跡を肌で感じては現在の自分のあまりのひ弱さ、貧弱さに絶望に近い気持ちを抱くようになりました。あの日本映画の栄光をもう一度と自分を叱咤《しった》しても、どうしても目覚めてくれない自己の深奥《しんおう》の、怠惰《たいだ》で卑劣《ひれつ》な存在がどうあっても許せなかった。また一般大衆も映画に対しては娯楽、興業以上のものを期待しようとはせず、全体的に冷ややかでした。映画の本質がわからなくなり思い余ってすべてを投げ出し、日本を去ったわけです」

笹野はメモを取る手を止めて涯を見やった。内山もこの異郷《いきょう》で大事業をなそうとしている一日本人のたたずまいに、しばし同胞《どうほう》としての感情も忘れて一挙手ごとの動きに神経を払った。

涯の話は日本語から、英語、ベンガル語と目まぐるしく変化していった。時には笹野の理解を超える東南アジア系の言葉や、ロシア語、スペイン語が混じることもあった。

「いったいこの日本人は、それから世界でどのように揉《も》まれていったのであろうか……」

笹野はメモを取る手が止まりそうになる瞬間をかろうじて抑えながら、額ににじむ汗をぬぐおうともせず、記録していった。

二十五歳で日本を出奔《しゅっぽん》して以来、涯は世界を遍歴《へんれき》して回った。

時には地下組織に接触しそうになって命の危険を感じた南米での時期。中東に足を踏み入れアラブ原理主義者との交友から、イスラエルのモサド（対外諜報機関）に要注意人物と断定された時期。東南アジアで大東亜戦役の戦跡を巡り歩いた時期。ロシアでは日本からの新興宗教団体の役員と接触し熱心に加入を勧められ、宗教の存在意義を真剣に考えてもみた。いずれもその時は本名の山野辺雄造のままであった。やがて、アメリカ合衆国に入り、西海岸でアメリカ映画製作の下働きで糊口《ここう》を凌《しの》ぐ生活に入った。久しぶりの映画の肌触りであった。その時出会ったのがP社のハマーシュタインだった。ハマーシュタインの仕事ぶりは涯の情熱に火をつけた。涯のこれまでの経歴に目を付けた会社は涯に活劇映画の脚本を書かせた。それに目を通したハマーシュタインが涯を呼びつけた。

「なかなかに奇抜なストーリーで気に入った。特に東南アジアを舞台にしているところがいかにも目の付け所がよい。作品にしようと思うので、監督らとロケハンに行ってもらいたい」

涯は希望通りの東南アジアを舞台とした活劇映画の総括責任者として名乗りを上げた。一九五五年のインドネシアのバンドンでの第一回アジア・アフリカ会議の開催をストーリーの発端に持ってきて、十年後の第二回開催がなぜ水泡に帰したかの謎をもとに、アメリカ、ソ連両陣営の冷戦時の確執《かくしつ》、非同盟諸国のそろわぬ足並み、アジア・アフリカの新興独立国の台頭を許さぬ、ヨーロッパの旧宗主国の妨害工作などをベースにしたスパイアクションものである。

映画は非白人国家だけの国際会議の日本の立場も克明に描く。主権を回復したもののアメリカを常に意識せざるを得なかった日本は、第一回会議への招待に果たして参加してよいものか苦悩する。

インド、中共、エジプトなどがいずれも国家首班級の人物を送り込んでくる中、日本は高碕達之助経済審議庁長官を代表として外務省の参与十数名などといった人選で体裁を地味にして参加する。

しかし彼らは現地で大歓迎を受ける。「よく来てくれた」「こうして独立できたのは日本のおかげだ。感謝する」「日本が戦わなかったら我々は依然植民地のままだったろう」など有色人種の各国から歓迎攻めにあう。しかし、日本や欧米のマスコミは冷ややかにそれを無視する。会議に参加できなかった韓国の記者などは、

「日本はアジア諸国を侵略した当事国ではないか。なぜそのように歓待されるのか」と不満と疑問を口にする。戦勝国史観と李承晩《イスンマン》大統領の徹底した反日教育に染まってしまった悲しむべき姿だ。

日本が戦ったのはイギリス、オランダ、フランス、アメリカなどのアジア植民地の宗主国だった。植民地にされていたアジア人を宗主国から解放し、独立自尊の気構えさえ教えていったのである。戦後も日本に戻らず、独立戦争に身を捧げた日本兵たちも何千人といた。特にインドネシアでは、ムルデカ運動として顕著《けんちょ》であった。

やがて映画は脚本に若干《じゃっかん》の手直しはあったものの、ほぼ涯の見込み通りの形で完成した。しかし、興業的には失敗だった。

落胆する涯をハマーシュタインは励ました。

「君はかってイスラエルのモサドに命を狙われたことがあったそうじゃないか。ユダヤ人の俺は君の無実を信じる。どうにも日本人は好奇心が強すぎて無邪気に敵をこしらえてしまうところがある。君に今必要なことは日本人に感謝できる人と、場所を探してみることだな。それができたらまた俺のところへ戻ってこい」

やがて涯はアメリカを発ちアジアへと向かった。

自分の書いたシナリオに不備なところは多々あった。その不備をどうしても正したいという抑えがたい気持ちがアジアへと向かわせた。第二次大戦後、アジアの映画は急速に変貌を遂げていた。

涯はその動きそのものを克明に辿っていった。

「私は東南アジア中を見て回り、またインドネシアに戻ってきた。インドネシアは東南アジアの最南端に位置した東西に長い弓状の国である。十七世紀からのオランダの植民地を経て、第二次大戦後の独立を勝ち取り、現在は世界最多のイスラム教徒を有する、イスラム過激派の活動が著しい国である。首都ジャカルタ、ここに起居《ききょ》し始めてから私の近辺に様々な人種の人間が往来し始めた。それぞれの人種模様が私には興味深く、頭の中に様々なドラマを構築しては、一人悦に入っていた。ある日のことだった。一人の日本人男性が私を訪ねてきた。三十代前半とみられるその男は名前を尽条彰《じんじょうあきら》だといった。今考えるとその男は奇禍《きか》と喜福《きふく》を同時に運んできた一種得体のしれない異人種だった。その男は私にしきりにインドに行くことを勧めた。インドに行くことだ。そこで映画を通じて君の可能性を図ることだ、と」

涯はインドに行った。コルカタで映画撮影の初歩から学びなおした。貯金も底をつきいよいよ困窮《こんきゅう》し始めた時、撮影所にパニックが生じた。二人の日本人がえらい勢いで影響を及ぼし始めたのだ。

一人は若い男性で、映画の技術面、特にカラーの改良、特撮技術の向上、カメラレンズの性能アップなどに敏腕をふるい、撮影所の風雲児的存在だった。それが婆須槃頭だった。涯はその男と親しくなり、いつしか監督として映画を指揮する立場となっていった。涯の傍らには常にシナリオライター兼助監督的立場の婆須槃頭がいた。

もう一人の日本人は若い女性だった。婆須槃頭の愛人かと常に噂《うわさ》されるその女性は女優だった。涯はその女性を初めて見たとき戦慄《せんりつ》が走った。ムンバイのボリウッド映画で比類なき地位にいるインド映画の宝石、インド映画の至宝《しほう》と讃歎《さんたん》された女優スリ・デヴィの若かりし頃に実によく似ていたのである。

名前はと聞くと女性ははにかんだように「宮市晴子」だと答えたがすかさず「その名前は過去のものです。今私は蓮台と名乗りたいと思います」大きな瞳を見開いて付け加えた。

「なぜ？」

「私は、仏教徒として尊師から今の法名を賜りました。だから今の私は、宮市蓮台です」

宮市蓮台は、コルカタのインド映画に欠かせない女優となっていった。コルカタのインド女優の中で、彼女ほどミステリアスな雰囲気を醸し出す女優はいなかった。アーリア系インド人の血を四分の一ほど引いていると言われていたが、インド人としても、日本人としても、十分に機能を発揮するその姿態と演技能力は、余人をもって代えがたいと、並みの形容でしか表現できないものだった。

「今度の映画に彼女も出演してくれています。役柄もお知らせいたしましょう」

「監督、その前にお聞きしたいことが。あなたはいつから山野辺雄造から涯鷗州になられたのですか？」笹野が質問した。

「その質問にお答えしなければなりませんか。わかりました。私は婆須槃頭君にしろ、宮市蓮台嬢にしろ、本人の意思のままに芸名もしくは法名を認めてきました。しかしその私が山野辺雄造のままではさすがにおかしいと思いました。私もコルカタで監督として活動するからには、インドの人達にもわかりやすい名に変えようと思いました。これは日本を出国した当初から考えていたことでもあります。そこで参考にしたのが日本文学です。私は若い時分から森鷗外の文学が好きでした。同時期の夏目漱石とよく比較されますが、断然こちらのほうが好きです。漱石は多くの弟子を育成し漱石山脈と呼ばれるほどでしたが、鷗外はその個性が際立っていて孤峰然としているところがよい。

例えて言うならば最澄《さいちょう》と空海《くうかい》ですな。二人とも欧州留学の経験がありますが、イギリスでノイローゼに罹《かか》った漱石よりも、ドイツで堂々と渡り合い、地元の娘を恋に陥《おち》らせた鷗外を私は好みます。好きな作品は『即興詩人』と『渋江抽斎《しぶえちゅうさい》』を挙げたい。いずれも私の血潮を高ぶらせた傑作です。その鷗外の名をもじり、欧州と掛け合わせて作ったのが『涯　鷗州』でした。インドで映画に従事するときはこれを使っています。インドの人たちにも好評のようです」

「なるほど、まぁ言ってみれば変身願望という訳ですね」

「そうとっていただいても結構です。先ほど話に出ました宮市蓮台ですが、マルト神群の共通の恋人ローダシーの役を彼女に振り当てたところ、婆須槃頭君がひどく怒りまして、絶対に嫌だ、彼女がこの役をやるのなら自分は絶対に降りる、とひどい剣幕で怒るのです。訳を聞いてみると、彼女をマルト達の恋人役にしてはあまりにご都合的すぎる、自分は彼女を体を張って保護する役目があるのだ、とこうです。やむを得ずインド女優をその役にあてがいましたが、撮影の始まった段階で彼女が脚を骨折するアクシデントが起こり、やはりということで蓮台にその役を振ったら、婆須槃頭君も、これは運命だな、と観念したように事態を受け入れました。ローダシーは青年マルト達全体の共有されるべき恋人ではありますが、彼女がどういう女性でどうマルト達と関わっていったのか、さっぱり見えてこない。少なくともリグ・ヴェーダ賛歌からは伺い知ることができないのです。そうだ、あなた方はリグ・ヴェーダ賛歌を読まれたことがありますか？　読まれておられないなら話はこれ以上進まない、とお考え下さい」

　急に会話の腰を折られて笹野は答えに窮したが、苦し紛れに、

「涯監督、私はインド文明に昔から只ならぬ好奇心を抱いてきた者です。インド人の根幹をなすヒンドゥー教、その最大の経典リグ・ヴェーダにも目を通しました。しかし、日本人の目からは何か吹っ切れぬものを感じてなりませんでした。登場するヴェーダの神々は

インド人の現世利益を受け持つ存在のようにしか私には見えませんが、監督はどうお考えでしょうか」

「私にはそれにお答えする力はない。ただ、リグ・ヴェーダをひたすら読め、としか申しあげられようがない。映画『マルト神群』で私がマルト達に主人公の地位を与えたのは、今あなたの疑問に沿った私の答えだとお考え頂こう。マルトはその存在位置から十分にヴェーダの神々と渡り合い、批判し争いを起こし、また、人類と運命を共にしてゆく、実に好位置にいる、願ってもない個性集団なのです。映画の完成時にそのことがお分かりになると思います」

　ここで沈黙していた内山が口を開いた。

「映画雑誌記者として私がお聞きしたいのは、あくまで完成なさろうとしている今の映画についてですが、従来のインド映画の枠を打ち破ろうとするその意気込みについて涯監督にお伺いしたいと思います。いかがでしょうか」

「インド映画は今すごいスピードで様変わりしています。なんとなれば、世界のすべての諸相を飲み込んでどこへ行くのかさえも分からないほどの勢いで変化し続けているからです。私がインド映画を撮ることさえ一つの些末《さまつ》な事象に過ぎない。ここでお二人に先ほど述べた宮市蓮台嬢をじかにお引き合わせいたしましょう。彼女はすぐ間近に来ています。彼女を見れば私の言っていることの何分の一かの意味がお分かりになるでしょう」

涯は立ち上がって控えの部屋に向かい、ドアを開けた。その部屋にいた女性の印象を笹野たちは後年になっても記憶鮮やかに思い出すことができる。

サリーをまとったそのうら若い女性は、最初はこれが日本人かとふと疑わせるに十分だった。ちょっと見にはインドの若い女性。しかし、よくよく見ると日本女性としての仕草所作が随所に散見され、笑みを浮かべて椅子から立ち上がって一行に向かって歩いてくる姿には気品、品格といったありきたりの表現では律しきれない何かが全体を覆い尽くしている。

ハービク所長もハマーシュタインも椅子から立ち上がり出迎えの姿勢をとった。笹野たちも自然と椅子から立ち上がっていた。

「今日はまた一段と艶《あで》やかだね。ミス蓮台」

相好を崩しながらハマーシュタインが世辞を述べた。

「ありがとうございます、ミスターハマーシュタイン。ハービク所長もお元気そうで何よりですわ」

大きな瞳を見開いて二人に交互に会釈を交わした。涯が笹野たちを手短に蓮台に紹介した。

「はるばる日本から見えられたのですね。ご苦労様です。今撮影中の映画のことを日本にも広めていただきたいですわ。わたくし蓮台のことなんかよりも、映画全体をよーくご覧になってくださいね」

　インドに来て初めて聞く女性の日本語だった。蓮台こと宮市晴子はこのコルカタ映画界にひときわ巨大なたたずまいと、風情《ふぜい》でもって君臨していることが予感できた。

「はじめてお目にかかれました。日本人として実に晴れがましい気持ちです。映画の成功をお祈りいたします」

　笹野は、この全身から芳香を放っているかのような女優をひとしきり眺めた。蓮台を最初に全員が着座した。

　はたして何から聞いていいものやら、笹野は押し黙ってしまった。

　その気配を察知したのか、涯が口を開いた。

「さて、ここに蓮台嬢を皆さんにご紹介したのには訳があります。インドではある日本人僧侶の超人的な働きで不可触《ふかしょく》賤民《せんみん》を中心に仏教徒が急激に増加しつつあります。その僧侶の名を知る人も増えてきてはいますが、この席では明かしません。私の映画『マルト神群』にもその影響を無視できない形で表れています。そのことを私に諭したのが何を隠そう蓮台嬢でした。その蓮台嬢と婆須槃頭君とは奇しき因縁で繋がりを持っています。この席に彼、婆須槃頭君を呼び出すのはいささか気が引けるのですが、彼は笹野さんにどうしても話さなければならないことがある、といってすでにここに来ています」といって涯は同意を求めるかのように笹野に目を凝らした。

笹野と内山は、やはりそうなっていくかと頷き合った。ハマーシュタインはいつしか笑みを浮かべていた。ハービク所長はいよいよ真打ち登場でもあるかのように身構えだした。

「監督。あなたが私たちに最終的になさりたいことが判りだしました。いいでしょう。日本人がこのインドで何をすればいいのか。それをしっかりと私も把握してみたいと思います。彼と会いましょう」

笹野はこう告げて婆須槃頭の登場に身構えた。この応接室はまるで計算されつくされた映画のセットみたいだなと笹野は思った。

一行が注視していたドアはいつまでたっても開かれなかった。

おもむろに蓮台が立ち上がって照明ボタンのすぐ真下にあるスイッチを押した。驚いたことに一行のすぐ真後ろの壁が静かに後退し始め床が徐々にせりあがり、ステージらしきものが出来上がっていった。

「こりゃ、映画のワンシーンじゃないか」内山がつぶやいた。

ステージは出来上がり、鳴りを潜めた。

しかし、ステージに上がるべき人物はなかなか登場しない。

一行がステージに気を取られているうち、蓮台は三人の男を室内に招き入れた。先の記者会見で登場したマルトの影武者のあの俳優たちである。マルトの扮装のままである。一人が声を上げた。

「我等が総帥《そうすい》はじきに姿を現します。皆さんは彼の普段の姿をご覧になることでしょう」

その声に我に返った一行は、三人の男たちを代わる代わる目配りしながら主《あるじ》ともいうべき人物の到着を待った。

部屋の外で足音がし始めた。蓮台がドアに近づき取っ手を回した。

一人の屈強《くっきょう》ともいうべき男が部屋に入ってきた。婆須槃頭だった。

普段の姿という言葉から勝手に想像していたよりいで立ちは、はるかに奇妙なものであった。インド古来の服装といってよいのか、笹野たちには見慣れぬ、そして何か馴染めない服装だった。

(そうだ。ネルーだ。インド初代首相のネルーのあのいでたちだ)

笹野には合点がいった。写真でしか見たことのないネルーの例の執務服をまとって、婆須槃頭は姿を見せた。ドアを開けた蓮台と軽く会釈を交わし笹野たちに笑みを送った。ハービク所長、涯監督、ハマーシュタインにはいつも見慣れているかのように気軽な、無視でもするような態度だった。ソファに近づき所長に会釈してから座った。頭上の帽子は纏《まと》ったまんまだ。ベージュ色の上下はぴったりと四肢に密着し、内部の肉体のたくましさを彷彿《ほうふつ》とさせた。蓮台が彼に寄り添い、三人のインド俳優は直立したまま彼の後ろに立った。

「結構な映画セットじゃないですか」ステージに目をやりながら婆須槃頭はつぶやいた。

英語だった。

「日本の方々、昨日は時間が短くて失礼をしました。婆須槃頭です。インタビューは今からやり直しということでよろしいか」

今度は日本語で笹野たちに繰り出された。

「ここにおられるお三方は皆私の同志だ。そして、背後の三人は皆私の分身といってよい男たちだ。皆、地道によく働いてくれる。そして彼女、宮市蓮台は私が身をもって庇護《ひご》する、かけがえのない存在といってよいだろう」と、畳みかけるように紹介を終えた。

この会見場所の主が移り変わったと認識せざるを得ない瞬時の変化だった。笹野は先ほどまで高説を聞き出していた三人の変化を観察した。明らかに皆一様に婆須槃頭に気後れしだしていた。特に注意を引いたのはハマーシュタインだった。先ほどの笑みは影を潜め、何か後ろめたささえ感じる暗い表情になっていた。

婆須槃頭はそれを見逃さなかった。

「ところでミスターハマーシュタイン。あなたのハリウッドでのお仲間はどこに居られますかな。皆、それぞれに役割を全うなさっておられましょうか。先ほどは随分と思い切ったお話をなさったようですが、ユダヤ教徒としての矜持はまだお持ちだと思いましたので」

「私の話を聞いていたのか。それなら話をしやすい。私の言動に口を挟めるのは君ぐらいのものだ。君の出演部分は全くのパーフェクトだ。いやそれ以上といってよい。だがしかし、監督の意図には従ってもらわんとな。我々もこのままでは困る。君の言動が常に問題を引き起こす様ではな」

「……今言われたことはどうも合点がいきません。映画の中でのことなのか。それ以外のことなのか。辻褄《つじつま》が合いませんな」

「映画撮影に決まっているだろう。とにかくだな、君は一人の出演者なのだから煩わしいことはひとまず棚において、以後の撮影に全力を傾注してもらいたい。それにかかわる些末なことはこの際忘れてもらいたいのだ」

婆須槃頭は微笑を浮かべた。ハマーシュタインへのやや辛辣《しんらつ》ともいえる受け答えは、そこで止った。

婆須槃頭は笹野たちに向き直った。

「私ごときが果たして日本人なのか、という疑問を抱かれておられますな。それについては今は申し上げられない。撮影中のインド映画の出演者とだけ言っておきましょう。この映画は脚本の段階から今までの、どのジャンルにも属さない映画となりつつあります。完成時にそれを実感なさるでしょう。とにかく、一刻も早くですな、日本に舞い戻られて、この映画の広報宣伝をやっていただきたい。そのことがいずれ、日本映画の益となるでしょうから」

「私共にどうしても言っておきたいことがあるそうですが、それは何でしょうか」笹野が尋ねた。

「それを言うにはこの席では憚られる。いずれあなた方には何らかの形でそれを伝えましょう」

笹野は内山と顔を見合わせた。内山はため息をつきかぶりを振った。笹野は涯監督に向き直った。

「ご覧のとおり、婆須槃頭君は私らに多くのことを語りません。あなたのお仕事のこともありますので、私の取材はここいらで終わりにしたいと思いますが」笹野は涯の顔を窺うように言った。

「いいでしょう。今日は撮影の中休みでもあり、私も少ししゃべりすぎた。あなた方には日本での活動も待っておりましょうし、この辺で切り上げることにいたしましょう」

涯はハマーシュタインと所長に同意を求めた。二人とも同意した。

その時だ。婆須槃頭は立ち上がってステージのほうへ進みだした。

一行は啞然とした目で彼を追った。婆須槃頭の後を、宮市蓮台と三人のインド男優が付き従った。婆須槃頭は一人ステージに上がると五人のほうへ向き直った。

「折角に造ってくれた舞台セットだから、この機会だ。ここであえて言わせていただこう。聞いていただきたい。まず涯監督」

あたかも全世界に向かって宣告するかのように、英語でその言葉は発せられた。

「あなたは、日本人と生まれたのちにここへ来られた。その巡りあわせにあなたは感謝すべきである、なんであろうと。今全インドは重大な変換期にさしかかっている。身の毛のよだつ、いつ果てるとしれない貧困と無知と差別。それらの最大の被害者である子供たち。あなたのこれまでの映画に描かれていたのはそれらのほんの一部分にすぎなかった。これらからの脱却と解放は、日本人であるあなたの最大の務めといってよい。日本人の視点、たたずまい、民族性、それらをフルに活動させて映画なりの方法で立ち向かっていって欲しい。それだけをお願いする。今撮っておられる作品の一部品に過ぎない私の、せめてものあやかしといって聞き取ってもらいたい」

涯監督は瞑目したまま聞き流していたが、やがてかすかに頷いた。

「次に、ハービク所長」

名前を呼ばれた所長は、まるで教室で教師に名指しされた生徒のように眼《まなこ》を輝かせた。

「あなたは生粋のインド人であり、ヒンドゥー教徒だ。あなたにはこの私がどう見えているのか。それを突き詰めて聞いたことはついぞなかった。私もあなたをこれまではやや突き放して捉えていた。

しかし、今日は違う。あなたの信仰の対象がヴィシュヌーだろうと、シヴァだろうとこの際関係はない。この映画にそれらの神は出てくる。インド人の俳優によって演じられるそれらに私はマルト神として関わっている。ヴェーダ神話も二大叙事詩も随所に顔を出している。この画期的大作映画を自分の撮影所で作られようとしている歓び。私はあなたの先ほどのベンガルへの郷土愛、日本への共感に感動を覚えた。あなたのインドへの思いは切実だ。独立を勝ち取ってのこの半世紀以上の時間、インドは世界に向かって何をなしたというのだろう。膨大な説話と因習から抜け出せないその歯がゆさ、また、一部インド人の頭脳のみを重宝がる白人社会の身勝手さ。またイスラムとの歴史的軋轢《あつれき》。私にはあなたの内的葛藤《ないてきかっとう》がよく判る。しかしだ。あなたは耐えねばならない。なんとしても」

ハービク所長の目がにわかに光を帯びだした。

「ハービク所長、あなたはこう望みたいはずではなかろうか、このインドの行く末を。時期が来れば世界はインドにひれ伏すはずだと。私はあなたに謹んで申し上げる。『ミリンダ王の問い』を思い起こされよ。私はミリンダ王も聖者ナーガセーナもこの目で身近に見てきた。嘘ではない。その時、ナーガセーナ聖者はミリンダ王の問いに何と答えられたか。それはギリシャ思考に対するインド思考の反論といってよい。インド＝ヨーロッパ語族とかいう共通項でもって、アーリア人とかいう共通の祖先をもつ人種として、インド人にヨーロッパ世界は一種畏敬の念で接してきた。そのいき着く先は何だったか。ユダヤへの圧迫と迫害に他ならなかった。その癖して、インド人の流れを組むロマ（ジプシー）への迫害と、英国のインド植民地支配は正当化され、英国はドイツ第三帝国の迫害を受けたヨーロッパユダヤの救済者として称賛されるまでになった。ここにおられるハマーシュタイン氏は迫害を避けてのヨーロッパからの脱出組だ。今や、ハリウッドで知らぬものはない傑物となられた。

私は、今この映画における一神教徒の歯がみを快く感じている。なんとなれば、いずれ一神教は論破されその存在を失うであろうから。

ハービク所長、もう少しの辛抱だ。あなたはいつしか日本との橋渡しを担うことになろう」

婆須槃頭は授記《じゅき》を授ける高僧のように言葉を結んだ。いや、その姿は仏教の守護神のごとくであった。そして彼はハマーシュタインに踵をめぐらした。

「ヨーロッパユダヤの流れをくむ、映画プロデュースのカリスマ、ハマーシュタイン氏。あなたは先ほどとても危険なことを言われた。一神教の横暴が今日の世界の窮状を生み出していると、それを正すのは多神教以外にないと。残念ながら肝心なところであなたは勘違いをなさっておられる。一神教を人類に押し付けたのは何者なのか。そこを突き止めなければこの問題の解決はない」

婆須槃頭は一息を置いた。改めて、ハマーシュタインを見つめなおした。

「あなたに私が言った、宇宙開闢《かいびゃく》の歌を覚えておいでか」

そこで笹野の緊張は途切れた。

「これ以後の説明記録は無理だ……」笹野は思った。
そう、それ以後の情景を笹野は記録していない。
そして、宇宙開闢《かいびゃく》の歌は次章で明らかになる。
笹野たちは日本へと戻った。
かの地、日本での顛末《てんまつ》を笹野に語ってもらおう。

第二章

千年の暁

百九十万のアジアの大軍が全欧州を制圧しようとしていた。

記録によれば。全欧州は三度アジア人に征服されようとしたことがある。まず紀元五世紀のフン族とその首領アッティラのヨーロッパ侵攻があげられる。すんでのところでその侵攻は食い止められ、アッティラの死によってフン帝国は瓦解してヨーロッパは救われた。

その次が十三世紀のモンゴル帝国の侵入である。

猛将バツ率いるモンゴル軍十五万はルーシ（古代ロシア人）の立ち上げたキエフ大公国、モスクワ公国の全土を馬蹄《ばてい》にかけて蹂躙《じゅうりん》し、ポーランド西部のリーグニッツにおいてドイツ・ポーランド連合軍と激突した。一二四一年四月九日のことである。結果はモンゴル軍の圧勝であった。このリーグニッツでのあまりに惨《むご》い敗戦はその後のヨーロッパ歴史学者の多くが、その戦闘をなかったことにしようとしたことでも、また、このリーグニッツの地名を、ワールシュタット（ドイツ語で「戦場」）としようとしたことでもその衝撃の大きさが偲ばれる。

モンゴルのヨーロッパ制圧は時間の問題と思われたが、遠いモンゴル帝国の首都カラコルムでの太宗オゴデイの死去により、ヨーロッパ遠征軍は故国に引き返しだした。ヨーロッパはまたしても危機を脱したのである。バツはカスピ海、黒海北岸域にジュチ・ウルス（キプチャク汗国）を建て、ヨーロッパに睨《にら》みを利かせた。

モンゴルとゲルマン、アジアとヨーロッパの二大民族の激突は、その後二度と再現されることはないと思われた。

しかり、その後大航海時代を経てアジア、アフリカ、オセアニア、北米、中南米に植民地獲得の触手を伸ばしだした欧州に対するそれらの世界の反抗は微々たるものだった。欧州の科学力をはじめとするあまりに圧倒的な力は、植民地獲得の先兵としてのキリスト教の布教とともに、地球上の大半を覆い尽くそうとしだした。

さて、三度目のアジア人による欧州制圧の危機は、十五世紀から十六世紀にかけてのオスマン帝国の侵攻に始まる。東ローマ帝国を滅亡に追い込み、首都コンスタンティノープルをイスタンブールと改名し、ここをオスマン帝国の新首都とした。

そしてバルカン半島を制圧したのちは破竹の海軍力でもって、黒海、エーゲ海をわが内海とし、アラビア半島西岸、アフリカ大陸北岸を勢力図として三大陸に跨る最大勢力範囲を完成させ、スレイマン一世の時に最盛期を迎えた。ことにスレイマン治世の一五二九年の第一次、一六八三年の第二次の、二度のウィーン攻略戦はオスマン帝国の命運を左右した天王山とも言うべき戦いで、ハプスブルク王朝はよくこの大難を乗り切りウィーンを守り切った。

これを機にオーストリア、ロシア、ハンガリー等ヨーロッパ諸国神聖同盟のオスマントルコへの反撃が口火を切った。

誠にこのウィーン攻略こそは、ヨーロッパの命運を握る一大決戦であったし、仮にもしこれが落ちていたならば、オスマントルコ帝国のヨーロッパ制圧はイスラム化とともに現実のものとなっていたろう。

ウィーン攻略と前後して十六世紀から二十世紀までに実に十二度も頻繁に行われたのが、ロシアとトルコの戦争である。お互い勝ったり負けたりのくり返しながら確実に、トルコの衰退とロシアの拡張を現実化させ、ヨーロッパキリスト教社会の全地球的拡張を決定づけた。ここまでが現実の歴史だった。

ここまで語ってきた私に、モンゴルとゲルマンの第二次ともいうべき決戦の囁《ささや》きが聞こえだした。映画の世界でもって。

モンゴルのバツがジュチ・ウルス（ジュチの土地）またはキプチャク汗国を東ヨーロッパ間近に建国したことは先に述べた。初代ハーンのバツはジンギスカンの長子ジュチの次男であり、その気位は大ハーンのオゴデイを凌ぎ、モンゴル帝国首都カラコルムへは帰還しなかった。クリルタイ（モンゴルの最高会議）で三代目大ハーンにオゴデイの長男ギュクが推戴《すいたい》されることを見抜いていたのだ。それよりもバツは一度は御破算になった欧州征圧に執念をたぎらせていた。キプチャクというトルコの一民族の名で知られるこの王朝は実質的に「バツ汗国」であった。カスピ海北岸の首都サライは煌びやかな天幕、天帳に覆われていた。欧州のいかなる首都もその煌びやかさには劣ったといわれる。

そして、バツの曾孫の代のテムルカーンはウルス内の戦闘員を約三十万招集して西進の号令を下さんとしていた。十七世紀の端緒に入ったころである。テムルカーンはアストラハンで太守に任ぜられていたオロスを第一次西進部隊の領袖につけた。モスクワ大公国等のルーシ人民も競うようその指揮下に入りだした。その数およそ七十万。同じ頃、モンゴル帝国は大元皇帝が新興の明に追い立てられるようにして北方に下がって以来大ハーンの空席を招いていたが、北元のハーンのもとに俄かに大軍が集まりだした、その数約五十万。その大部分が小銃火器を装備していた。それは当時もっとも進化していた「種子島」と呼ばれる小銃だった。

それらの総指揮を取るのが誰あろう、あの本能寺で滅ぼされた織田信長の長子、織田信《のぶ》忠《ただ》なのだ。信忠は本能寺の変の後、すかさず安土城に移り、ここより明智光秀への反撃でこれを誅殺した。その後日本を平定した後、彼は、大船団を組織して朝鮮を経由せず直接明国遠征を果たし、そこの支配者となっていたのだ。

それら五十万の軍勢がタシケントに集結を始めたころ、軌を一にしてトルクメニスタンにも軍勢が集まりだしていた。それらの多くはティムール帝国とイル汗国の残滓《ざんし》でほとんどがムスリムだった。

そしてついに彼らはヨーロッパに向けて動き出す。大航海時代とともに大西洋に乗り出したスペイン、ポルトガル、イギリス等の背後からの殲滅的《せんめつてき》攻撃のために。百九十万の軍勢は四手にわかれた。

最大の七十万の主力はオロスが率いた。ヨーロッパの大道を西進し、フランス王国、スペイン、ポルトガルを目指す。北方のスカンジナビア制圧には三十万が当てられた。地中海を船団とともに西進するのは約二十万だ。イタリア特にバチカン制圧が目的だ。エジプト、アフリカ北岸からジブラルタルを渡ってスペインを目指すのはトルクメニスタンからの五十万だ。ほとんどがトルコ系ムスリムだった。残りの二十万は遠征整備部隊としてまた、近衛部隊としてテムルカーンが率いた。

「彼らヨーロッパ人に新大陸、アジア、アフリカなどで植民地化などと勝手は絶対にさせない。アジアの力を思い知るがいい」

ギリシャ正教の信徒ロシア人や、イスラム教徒の精鋭を含むアジア軍はしずしずと西方に動き出す、まるで民族大移動のように。

「しかし考えてほしい。なるほどアジアの戦力はヨーロッパを征圧するかもしれない。だがしかし、十七世紀のアジアに制圧されればその後のヨーロッパ文明はどうなるのだ。イタリアにルネッサンスはついに結実せず、レオナルド・ダ・ヴィンチやミケランジェロやラファエロ達の美術は評価されぬまま地に埋もれてしまうかもしれず、我々は彼らの作品を観ることはないかもしれない。ドイツ、オーストリアにバッハもモーツァルトもベートーベンも現れず、彼らの天上の音楽をついに聞くことはないだろう。それでよいのか」

映画の中で近代人のうめき声は聞こえてくる。

「それはそれでよい。あの一神教に裏打ちされた芸術は完全に姿を消すのだ。その代り、多神教との融合で生じる新たな芸術が顔を出す。それが十七世紀以降の世界芸術であり、科学全般となりうる」

厳かにそう宣告するのはあの「マルト神群」で映画デビューした婆須槃頭扮するアストラハン太守であり、欧州制圧軍の総指揮をとるオロスであった。

果たして百九十万のアジア軍はヨーロッパを制圧できるのか。

ジンギスカンの長子ジュチの名を被せた「ジュチ・ウルス」は長年の懸案、ヨーロッパの盟主と成りうるのか。

映画はこれらの謎に答えを出さぬまま終わりを迎える。

すべてを観客の想像に任せてしまうのだ。

ロシア映画「野に立つ白樺」のなんとも奇妙奇天烈《きてれつ》なラストシーンは、観ていたヨーロッパ人全体の心胆を凍らせた。

私、笹野忠明はインド映画「マルト神群」の日本公開に宣伝マンとして立ち会った。監督の涯鷗州や婆須槃頭らはついに日本に姿を見せなかったが、映画は日本では一応の成功を見た。それよりも一部批評家の熱烈な賛辞がマスコミの目を引いた。賛辞は賛辞を呼び、日本人のポピュリズムに火がつき、日本人は神話の不可思議さに気づきだした。

ある批評家はこの大映画が現在の世界の映画分布を書き換えてしまうのではとも言い

切った。

その後、婆須槃頭の名が一気に日本に浸透したのは、実にこの「野に立つ白樺」の主演によってであった。

ロシアはなぜ西ヨーロッパを刺激してやまないこのような映画を撮ったのか。そこには西ヨーロッパに対するロシアの複雑な感情が存在する。ロシアの西ヨーロッパに対する引け目とも言ってよい。

セルゲイ・ボンダルチュク監督主演の「戦争と平和」で世界を驚倒させて後、ロシア映画界は長らくヨーロッパ映画の後塵を拝し低迷していた。婆須槃頭はロシアのそこを突いた。ヨーロッパ映画への当てつけをあからさまにしようとした。

そして出来上がったのが「野に立つ白樺」だった。あの中国映画さえもこの映画の支援に回った。監督のアレクセイ・F・ゴージンシュトフは、憑かれた様に婆須槃頭に次回作出演の要請をした。

次回作はドストエフスキー原作の「悪霊」だった。

この作品に監督は当初は主人公のニコライ・スタヴローギンに婆須槃頭を予定していた。しかし、リトアニア出身の若手俳優アレクサンドル・O・エーゲシキンの強烈な横やりで主役変更となり、エーゲシキンがスタヴローギンを演じることとなった。これに、婆須槃頭が噛みついた。一触即発の雲行きに撮影所は凍り付いた。

しかし、エーゲシキンは策士だった。彼は婆須槃頭の素性を密かに探らせてマスメディアに公表しようとした。そのうえ、彼に二役というおいしい餌を投げかけた。監督もエーゲシキンの声に負けた。不本意ながら婆須槃頭は主役をエーゲシキンに譲り、自分はキリーロフとチーホン僧正の二役を承諾した。エーゲシキンのロシアへの深い恨みはこうして晴らされようとしていた。

しかし、天運は婆須槃頭に味方した。世界映画史上例を見ない、相反する性格の二役は各映画祭、世界各地の上映で圧倒的な反響を呼んだ。キリーロフ、チーホン僧正で自分の肌、瞳の色さえも白色人種に同化させ、体重もそれに応じて変化させた究極の役作りは欧米の俳優たちの追随のそれを許さぬものだった。

「智」をそのまま体現したキリーロフ、「情」と「意」の体現者チーホン僧正。性格付けのメリハリも見事の一語に尽きる。

キリーロフの追い詰められての拳銃自殺、異色のロシア正教僧正チーホンへのスタヴローギンからの「告白」、そしてチーホンの告白公開の指示。いずれも見事で鬼気迫る演技だったし、訥々《とつとつ》とした吹き替えなしのロシア語も奇妙なリアル感を出していた。

私《わたくし》笹野はヨーロッパのマスメディアの格好の餌食となって取材攻勢を受けた、エーゲシキンが明かそうとした婆須槃頭の正体についての取材攻勢だった。

あのインドでの取材からほぼ二年が経とうとしていた。

私と内山はそれらのマスコミ攻勢に「話せることなど何もない」と厳しく対処し一蹴した。

その後、全世界の芸能ジャーナリズムは年を追って婆須槃頭の正体を探ることに力を入れ始めた。日本、インド、アメリカ、ロシアとその動きは勢いを増し始めた。しかしそれ以上に世界中の映画監督からの引きも切らないオファーのほうが動きが大きかった。

そして、中国映画界が婆須槃頭の主演に動き出した。『三国志』の中でひときわ光芒《こうぼう》を放つ猛将呂布《りょふ》の役で題名は「好漢《こうかん》」である。三国志時代、後漢最大の猛将といわれたあの「呂布」を婆須槃頭が演じるのである。『三国志演義』では裏切りの常習者で最後は劉備、曹操等に捕まり、醜態を晒して首くくり殺されるが、映画の呂布は一味違っていた。歌舞伎調の髯のない呂布ではなく、髯もじゃでしかも兜を冠っているのである。機を見るさもしさ、配下に愛想づかしされる滑稽さはあってもそこには人間臭さがにじみ出る。しかもその最期がまことに凄まじい。愛馬赤兎馬《せきとば》に跨《また》がったまま味方の裏切りで背後から矢を射こまれ、曹操の名を叫びつつ河の中で落馬して絶命する。その寂静感に中国の観客は裏切りの常習であっても呂布に心からの共感を示し劇場で涙し拍手した。婆須槃頭は中国映画界でもヒーローだった。

婆須槃頭が五本目の作品にインド映画を選んだことは驚きだった。

インド映画「提婆《だいば》の末裔《すえ》」。

再び戻ったインド映画は仏教色の強いものとなった。釈尊に反旗を翻した従弟の提婆達《だいばだっ》多《た》、その子孫は後のマウリア朝のアショーカ王の治世になっても、全インドを覆った仏教徒から冷遇され迫害され通しだった。祖先の罪はその子孫までもが償わなければならないものなのか。かつて連合国に敗北し、犯罪国家の烙印を押された日本、ドイツの現状までもみすかす大きなテーマである。

提婆達多の子孫はどうやって救済を得たのか。仏教の普遍性さえもうかがい知る傑作となっていた「提婆の末裔」。インド映画がこれほどまでに仏教に入れ込んだ作品を世に送ったのは初めてであった。

あの問題作「マルト神群」が再び日本で上映されたのは、「提婆の末裔」の公開からすぐであった。両映画の主演、婆須槃頭は今度こそ日本で再評価の対象となっていった。しかし、彼の正体はついに明かされることはなかったのである。

私は「マルト神群」を冷静な眼で見続けた。タイトルの出る前に、不思議な漢字の四文字がスクリーンに浮かび上がる。「倉皇爽籟《そうこうそうらい》」。そしてその文字の下に厳かに大きく「マルト神群」と出るのだ。

「倉皇爽籟」とはどういった意味なのだろう。私は漢和辞典を引いて調べた。倉皇《そうこう》＝あわただしい様。爽籟《そうらい》＝秋の風、身に染みる心地よい風。とあった。二つの意味を重ね合わせるとどうなるか。勝手な推理ながら、これは全人類に向けたメッセージなのではないかとみた。心地よい風を呼び身に浴びるために急ぎ何かをしなければ、そういったことではないのか。私は国際電話で涯監督に尋ねようとしたが彼とは不通であった。多くのマスメディアからこのことについて問い合わせがあったが私は自説を述べるに留まった。

映画「マルト神群」は類例のない独特の映画だった。これまでのキリスト教、ユダヤ教に基づく欧米の歴史大作とは全く異なる、気をそらさぬ展開と科学的解釈の妙とに裏打ちされた、インド神話の劇的で圧倒的な面白さ。ハリウッドの伝統的VFXの見事さ、常に人類社会と距離を置く神々たちの饗宴と葛藤、戦争の遠因と宗教のしがらみから逃れられないすべての人類の業。どこを切り取ってもどこから見始めても痛いほどの共感が全身を締め付ける。カラー画面、ワイドスクリーン、立体音響は近年の大作映画の定番となっているが、そのすべてさえも逆手に取りかねない超絶さと先進性。

ましてインド映画の定番だった、あの歌と踊りで要所を締めくくる「マサラムーヴィー」では決してない汎世界性に満ちた映画。神々たちも女性たちも、只々麗しく一点の狂いもなく蠢《うごめ》いていく。

主演の婆須槃頭はマルト達二十七役すべてを見事に演じきった。

神群とされる同一個性集団。その任務は人類からは謎に満ちている。彼らの乗る滑空する飛行体はUFOに他ならない。

地球創世の神々である地球外知的生命体としてマルト達はアーリア民族に接近する。地球側の解釈印象がやがて「リグ・ヴェーダ」となっていくわけだが、この神話があらゆる世界地域の神話の基盤となっていく過程すらわかる映画の醍醐味《だいごみ》だった。世界映画史上の最高傑作とされるオーソン・ウェルズ監督主演の「市民ケーン」を若いみぎりに鑑賞して、自身の生理活動が変調をきたすのではと心配したほどの衝撃を受けたが、このたびの「マルト神群」はそれに勝るとも劣らないものとなった。「市民ケーン」のバーナード・ハーマン作曲の付帯音楽は「気絶するほど素晴らしい」と激賞されたものだが、「マルト神群」の劇音楽は西洋音楽と一線を画したインド独自の楽器と旋律を用いていた。これが見事に壺に嵌《はま》っていた。地球外知的生命体としてのヴェーダの神々はスーパーホモサピエンスとして何億年のスパンで地球全体と関わっていく。大陸移動、形成まで自身の科学力を駆使して操り、操作していく過程には正直のけぞりそうになった。そして次に始まるのが生物の創造である。地球全体を巨大な循環《じゅんかん》の場として無数の生物を作り出していくその描写は旧約聖書の「創世記」そのものである。科学者のみならず、芸術家までも動員して多々な生物を作り上げていく過程には正直、プロジェクトという言葉さえも虚しく聞こえるほどの壮大さだった。彼らは何かに取りつかれたようにその作業に没頭していく。途方もない長さの地球時間の中において。

「マルト神群」はインド映画としては破格の扱いで全世界に広まり、公開され続けた。ある国では映画を観た首相自ら衝撃の余り、その地位を投げ出して引きこもってしまう現象さえ見られた。

映画を観た一般の若い日本人男女はこう感想を述べた。

「何かとてつもない世界に引っ張り込まれたように感じました。私たちが何気なく暮らしているこの大地には、様々な意匠が込められていることを実感しました」

「今まで観て感動していた映画が、ほとんど嘘っぱちで、都合のよい出来レースだと感じ始めました。一言でいうのでさえ憚られる、すごい映画です。インド世界の深みを実感しました」

私、笹野はジャーナリストのはしくれとして次のニュースを書くこととする。ある情報からで、婆須槃頭がアメリカアカデミー賞授賞式会場に現れるというニュースがもたらされた。一気に世界中の映画ジャーナルがハリウッドに雲霞《うんか》のごとく押し寄せたが、結局彼は現れなかった。涯鷗州監督も姿を見せなかったが、私は一抹《いちまつ》の不安を感じた。

あの「マルト神群」以来彼はインド映画界に居場所を見つけられずに次第に忘れ去られようとしていたのだ。

あの劇的大映画「市民ケーン」を作って以来ハリウッドから締め出されたオーソン・ウェルズの事案を彷彿とさせてしまう。二十六歳であの映画の監督主演をデビュー作として果たした希代の神童、ウェルズ。

当時のアメリカ言論界の大立者、ウィリアム・ランドルフ・ハーストを映画で風刺したとして、ハーストの怒りを買ったのが原因とされているが、それ以後のウェルズの作品には何か才気の衰えを感じてならない。涯監督はなぜ次回作を撮ろうとしないのか。

彼は「マルト神群」のみを撮るために運命付けられた存在だったのだろうか。私はもう一度コルカタに行くべきだと思い始めていた。

そのころ、私は一通の国際便を受け取った。あの婆須槃頭からだった。

「親愛なる笹野忠明様。インドに来られてインタビューを受けたのが昨日のことのように思い出されます。あれから日本に帰られてその後お変わりはありませんか、私、婆須槃頭はあの後『マルト神群』の撮影にかかりきりでした。やっと完成して試写をインド首相他多数のＶＩＰを招待して行いましたが、皆一様に黙り込んで感想を漏らしませんでした。彼らはとにかく面はゆかったのでしょう。なんとなればインド神話があのように映画スクリーンにあからさまに出てきては自らの内面を剝き出しにされたようできまり悪い。そういったところでしょう。あの映画のタイトルシーンを覚えておられますか。マルト神群のタイトルの前に、倉皇爽籟《そうこうそうらい》という文字が出てきますがどういう意味か解りますか。辞書を引いてお調べください。マルト神群の隠された意味を知ることになるでしょう。

その次がロシア映画との邂逅でした。『野に立つ白樺』と『悪霊』の二本です。監督は同じでしたが二本とも、全く毛色の違った映画で大いに勉強させていただきました。

話は変わりますが、私は曾祖父のシナ戦線での話を曾祖父自身から聞いたことがあります。

曾祖父は北支の太原《たいげん》で終戦を迎えました。そして蔣介石の国民政府の捕虜となりました。警察官だったのですが赤紙で応召され北支戦線を転戦しました。そのころのシナは全くの非衛生状態でとにかく汚かった。ハエや虱との共存生活に自分たち日本軍も慣れっこになっていったものだ、と話していたそうです。現地のシナ人ともとにかく気安く付き合って、全く悪い感情は持たなかったそうです。

重い背嚢《はいのう》や歩兵銃を担いでの夜間行軍では、歩きながら眠っていたとのこと。歩きながら眠る。そのようなことができるのも人間の不思議な能力だと思います。人柄からか、上官の覚えもよかったようです。終戦時の最終階級は陸軍伍長でした。

曾祖父の話によると彼は、国民政府の捕虜になって本当によかったと言っていました。とにかく待遇がよかった。終戦から約半年後に日本に帰ってきましたが、曾祖母は別人のように太った彼を見て当人とは信じられなかったと言っていました。しかし、右肩には大きなこぶが盛り上がっていました。さぞや、重いものを担がされての軍隊生活だったのでしょう。

もう少し北の方でソ連の捕虜になっていたら、過酷なシベリア送りとなって命はなかったかもしれません。

若いころの祖父は左翼思想にかぶれていて、よく曾祖父と衝突したとのこと。シナ出兵を日本の侵略と決めつけ曾祖父の考えを全く受け付けず、曾祖父に悔し紛れに『黙れ！』と一喝されたことをのちにとても悔やんでいました。今では堂々のナショナリストです。祖父は剛毅な気質を曾祖父から受け継ぎました。そして、祖父の孫として私が出生しました。祖父はまだ矍鑠《かくしゃく》として日本で存命しています。しかし名を明かすことはできません。私が身内のことを話すのはここまでです。これ以上の詮索《せんさく》はいかに笹野さんといえどもお答えすることはできません。

そして私は曾祖父と縁が深かった中国で映画出演となりました。『好漢』です。三国志の呂布《りょふ》の物語ですが、何とも痛快な撮影でした。中国の映画スタッフは皆私の同志といった感じでとにかく、すべてが円滑にすすんだ撮影でした。

『マルト神群』の話に戻ります。

私が二度目のインタビューをあなたから受けた時、あなたに告げたいことがあると言いましたが、あの席では何かと憚れました。

今、この書面で明らかにしたいと思います。

それは同席していた宮市蓮台嬢のことです。

彼女は日本国籍を待ちません。持てないからです。生まれたのは日本に間違いありません。彼女のことを知ったのは私がまだアメリカ合衆国で大学生として生活していた時です。

そのころの私は近代五種競技やボディビル、空手、合気道に打ち込んで将来はアメリカ国籍を取って陸軍軍人になることを夢見ていました。

私の通っている大学に同じ日本人で、尽条彰《じんじょうあきら》という男がいました。私よりも十歳近く年上で、日本やアメリカの方々の大学を放校されて渡り歩いている変わった男でした。彼の学費はどこから出ているのか全くの謎でした。彼とはインドのことや、映画のことで意気投合し、彼から一人の女性の話を聞きました。

それが宮市晴子でした。尽条に聞いたところでは驚くべき素性でした。何せ娘から妻そして母という普通の女性の歩みをこの女性は逆に歩んだのですから。日本人男性と、インドとのハーフの女性を父母に持ち、いきなり母となったのは十七歳の時。相手の男性はインド人でした。その男性とは出産を機に正式に夫婦となったのですが三年で離婚。一粒種も離婚の翌年に死亡。インド国籍を取得していたので傷心のままインドに渡ります。一度は夫となった男性は全くの行方不明。探しあぐね打ちひしがれる彼女に救いの手をさし伸べたのが当時インド、西ベンガル州にいた日本僧侶とその一統《いっとう》でした。

当時インドに日本人の一人の仏僧がいました。その人の名は河西秀星《かさいしゅうせい》といいます。その仏僧は不可触賎民とされてカーストの最下層に貶められていた無数の人々、ハリジャンを、ヒンドゥー教から仏教へと改宗させる一大事業を黙々とやり遂げ、そして多くの仏跡の発掘を成し遂げていました。その同志に尽条がいたのです。

その事業は、アンベードカルというインド仏教の再興を図った傑物の衣鉢を継ぐことでした。アンベードカルは日本ではあまりなじみがないようですが、ガンディー、ネルーと同時代を生きぬき、カースト最下層からはい上がり、ついに法務大臣として独立後のインド憲法を起草した人物です。その不可触賎民救済の情熱は彼をして仏教徒への改宗をなさしめ、一大ムーブメントとして不可触賎民のヒンドゥー教から仏教への改宗の渦を作り上げました。六十五歳の短い生涯でしたが、いまや、ガンディーと並び称せられる聖者となりました。彼の衣鉢を継ぐという思いがけない運命になった河西秀星という日本人仏僧は、今やインド一億人ともいわれる仏教徒の生き仏として崇められています。尽条彰と同志たちはその運動に共鳴して河西老師の側近としてインド、アメリカで活動していたのです。

宮市晴子は河西導師に会って精神的な救いを得たと見られます。それ以後一途な布教活動に河西導師から『蓮台』の称号を与えられ、それから別人のような輝きを放ち始めました。

やがて映画の世界に取り込まれ『宮市蓮台』となって以降の活躍は御存じのとおりです。話をアメリカにいた頃に戻しますと私は大学で映像工学を専攻していましたが、その成果を実践したくてうずうずしていました。

しかし、その私の希望を打ち砕くような事案が勃発《ぼっぱつ》しました。

私と尽条に突如大学から、退学措置が命ぜられたのです。理由を聞くとなんと授業料未納でした。尽条との付き合いでついうっかり彼のペースに巻き込まれ、授業料のことを忘れていたのです。私と尽条はインドに渡りました。コルカタで河西導師と宮市嬢に初めて会ったのがこの頃です。尽条は其の後インドネシアに渡り姿を消しましたが、宮市嬢の数奇な運命には頭が下がりっぱなしでした。それから七年の間、私はコルカタの主然《ぬし》として映画撮影所や演劇界に出入りを始めていました。撮影所では技術者として働き、アメリカでの知識技術が大いに役に立ちました。涯鷗州氏と会ったのもこの頃です。私は氏には自分のことの多くを語りませんでした。そのためか私自身の素性が尾ひれを付けた形で広まり、実際以上の形となって広まってしまいました。私自身も仏教に共鳴し、河西導師の生き方に大いに賛同し活動を共にしていました。そして、忘れもしない奇跡が訪れたのです。それはコルカタで舞台劇の稽古をしている時でした。

その舞台劇で私は世親《せしん》、つまり、インド仏教における唯識学《ゆいしきがく》の創設者ヴァスバンドゥの役を演じていたのです。公演初日を三日後に控え稽古は佳境に入っていきました。その日、舞台で私は突然気を失ったのです。私を介抱する人達、心配そうに見やる人達すべてを私は記憶しています。

やがて正気に戻った私は以前とは全く人格が変わっていました。

劇の内容から登場人物のすべてのセリフ、劇場スタッフの仕事、それから劇に関係するすべての宗教的かかわりなど、全部を完全に理解し記憶し的確なアドバイスまで自然と出るなど今までの自分とは別人格となっていたのです。私はその時から何か理解不能な声を頻繁《ひんぱん》に聞き始めました。性格も随分と図々しくなり、気軽に誰かれなく声をかける自分に、驚き呆れることも多くなりました。

創作意欲も以前に増して強くなり、コツコツと一人でシナリオ、台本を書き連ねていきました。撮影所での技術者としての私は、革新的な技術を次々と編み出し誰をも驚かせていきました。

こうして涯鷗州監督の右腕的な存在を経て、私は『マルト神群』の構想を涯監督に話しシナリオを共同製作し、映画創造の決心をさせたのです。涯監督は主人公には私しか考えられないと言って、抜擢をしてくれました。

宮市蓮台嬢はそれ以後も私の崇拝の対象として存在し続けています。私は次のように考える男となっていました。

地上のすべての男は、すべからくイタリア　フェデリコ・フェリーニ監督の映画『道』に出てくるザンパノなのです。ジェルソミーナの死を知り、夜の波際の砂の上で一人号泣するあのザンパノなのです。女性から生まれたくせに、女性をいたぶるどうしようもない男ども。彼らすべて懺悔《ざんげ》して魂から女性に詫びるべきでしょう。

映画『マルト神群』は、P社のハマーシュタインやその他、アメリカやインド映画の俊才たちを巻き込み始動を開始し、そこへあなた方日本のマスコミに嗅ぎ付けられた、というわけです。

笹野さん。これで私の素性を明かし終えました。私があなたに言いたかったことは、仏教で説く女性成道の現実の難しさです。宮市嬢は映画俳優としてだけでなく仏教徒としても立派なお方です。しかし、少女の時代に負ったトラウマは容易に消え去ることはないでしょう。でも、私は彼女を庇護し続けていきます。

そして、私は女性を崇め崇拝する。なんとなれば女性はすべての生命をこの世に生み出してくれた源だからです。私の曾祖母の母は、若くして夫を病気で失い、それから女手一つで炭坑で働きながら曾祖母を含む三人の子を立派に育て上げました。このこと一つをとってもあたら女性を粗末にするべきではありません。

あの舞台劇の稽古中生じた奇跡は、私を何か途方もない昔に帰らせました。仏陀も真近に見ましたし彼の言葉も聞いた。インドの神々さえも見ました。とにかくインドに関する事象はすべて自家薬籠中《じかやくろうちゅう》の物とすることができました。それ以後の私は、何か得体のしれない任務を受けもたらされたかのように思えてなりません。私は正直私自身がこわくなることがあります。しかし、これも宿命でしょう。笹野さんに会って私の気持ちは少し変わりました。

いずれ日本であなたにお話しすることも多々あるはずです。

その時が来ることを念じつつ、これで私の手紙を終わらせていただきます。ごきげんよう。

婆須槃頭　拝」

この手紙を受け取ってから間もなくだった。耳を疑いたくなる情報が飛び込んできた。婆須槃頭が日本映画に出演するというのだ。

もしかしてという期待は確かにあった。しかし、現実にそうなっても私の理性は素直だった。

「やはりそうきたか」

内心は婆須槃頭に会えるという期待で膨らんでいた。彼に無性に会いたいという気持ちは手紙を読んで募っていたところだった。

映画の題名は「山名戦国策《やまなせんごくさく》」。監督と脚本はなんと女性だ。新藤由美子。その男勝りの雄大な映画製作能力は「女黒澤」と呼ばれて久しい。映画は今度で六作目となるが、初の時代劇だ。

私は伝手を頼って脚本を手に入れた。新藤由美子の快作だ。

室町時代後期の十年に及んだ応仁の乱、その詳細。それを実に手際よくまとめている。日本映画がこれを題材にするのは初めてである。婆須槃頭は主役の山名方の武将を演じる。新藤由美子に以前取材をしたことがある。そのたたずまいは一映画人として男女の境界を超えて見事なものだった。

「映画は結果としての記念物のような物でしかない」

その言葉は彼女の映画監督として発せられたものとしては、はなはだしく理知的なものだった。何故映画を撮り続けるのか。その問いに彼女はこう答えた。私に一人の兄がいる。消防官をやっている。

そして私の父は自衛官だった。二人とも全くの無名である。しかしやってのけた事績はとてつもなく大きい。黙々とおのれの本分を全うする姿には、今の私など足元にも及ばない、と。父の戦前の仕事は軍属だった。そして戦後の警察予備隊結成に喜んで参加した。

その後自衛官となり一家を支えた。学校で担任教師から、新藤さんのお父さんは自衛官で日本を戦争に導く仕事をしています、と教室のみんなにのけ者にされることを平気でやられたのもこの頃である。日本中を転勤して回った。竹馬の友はできにくかった。父のはぐれものとしての自衛官は陸将補で終わったが、後輩たちの人望は圧倒的だった。退職後は個人塾を開き祖国防衛の決意を遺言のように残して世を去った。五つ年上の兄は消防官になった。父とは道を異にする生き方だったが、地域社会への献身性はより具体的な形を伴った。警防隊員としても、救急隊員としても両の腕《かいな》にずっしりとした市民の期待を滲ませ、かつ、報酬など全く期待しない無私の生き方であった。現在は課長職に就いている。私は映画の道へ進んだ。いつかは父と兄を映像として描き残したいとの願望があった。

この地上に全力を出し切り無名のまま消えていく人たちのために何かをしてあげたい。それが私の映画人としての役目だと思う。彼女はそう言ってはにかんで見せた。初の時代劇となる「山名戦国策」もその一本だ。婆須槃頭にオファーを出したのがそれからだった。出演受諾は予想外だった。婆須槃頭は女性が映画を監督するという一点に共感を示したらしい。それが日本映画の最初の出演であっても、初の時代劇であっても彼は快諾した。まさに凱旋だ。ニュースは日本を駆け巡りマスメディアが色めき立ち始めた。あの婆須槃頭がどういう日本人を演じるのだろうか。時代劇なのに大丈夫なのか。とにかくあの婆須槃頭が日本にやってくるのだ。

私はその前にやっておかなければならないことが生じた。あの有名な放送局からの依頼だった。婆須槃頭の特番を組むのだという。その司会とナレーションをやってほしいのだという。私は承諾した。どうやらインドでのこと、「マルト神群」の上映に駆けずり回ったことなどが考慮されたらしい。私は打ち合わせに放送局に出向いた。プロデューサーは秋山孝志というまだ若い男だった。

私は彼とずいぶん話し込んだ。秋山は映画「マルト神群」の感想をこう述べた。

「インド映画の範疇《はんちゅう》を大きく逸脱していますね。とにかく今まで観てきた楽天的でコミカルなインド映画とは全く違う。神話でもって西洋世界の概念、大枠を大きく踏み越え、足蹴にしているようにさえ感じる、とてつもなくてとんでもない作品です。一番気になったのが悪魔に扮したマルトとキリストとの新約聖書マタイ伝第四章で有名な荒野の対話シーンです。あれはキリストを神格化するための出来レースだったというのが主旨のようですが、西洋人としては我慢がならないでしょう。そこまで踏み込む必要はあったのでしょうか」

私も同感だった。あれは一線を超えた、というべきものではなく、涯鷗州も婆須槃頭も地雷を踏んでしまったか、というのが正直な気持ちだった。

（人はパンのみにて生きるものにあらず。神の口より出ずる言葉によって生きるものなり）

キリストは、悪魔の、石をパンに変えてみたらの誘惑にこう答える。

実際はこれはキリストの言葉ではなく、旧約聖書の申命記《しんめいき》に記されてある文言である。それをキリストは引用した。悪魔の企みを一蹴したのである。悪魔の荒野での誘惑は続く。婆須槃頭は悪魔を演ずるにあたり巨大化した猛獣をモチーフにしたと思われるが、それはイエス・キリストを小脇に抱きかかえて、高見の場所やエルサレムの宮の頂《いただき》に運び込む際に効果を出している。その圧倒的な巨大性は悪魔のしたたかさを表出するのに実に効果的だ。しかし、映画は裏話としてマルト神群の一つの狂気じみた芝居性をすでに明かしてしまっている。イエスの神格化を図らんがための狂言を画策し、実行したまでである。イエスもそれを承知で乗ってしまっている。

（神を試してはならない）と、悪魔の誘いをすべて拒絶する。これもあらかじめ出来上がっていたストーリーだということになる。

これではキリスト教社会は、秘事をばらされたようでたまったものではなかろう。インド神話世界から見た一神教世界とはかくもおぞましいものか、と涯監督は嘆息しているかのようである。

しかし、私は危惧《きぐ》してしまった。このようなことをしてキリスト教社会から報復は受けないのであろうか。また反面、よくぞ映画の特性を使ってここまで描き切れたものだと感心もした。

いずれにせよ、マルト達はキリスト教世界にも大きく足跡を示しえたのである。秋山プロデューサーはまたこうも言った、

「監督の涯鷗州さんですが、あの人はインド神話を見事自家薬籠中の物にしましたね。それはいいのですが一つ困ったことが。というのはインド映画を作り上げるのにアメリカ資本と技術提携などをしたことです。それによってアメリカ映画の勢力がインドを席捲《せっけん》しそうになるという代償が生じますが、彼はそれを予想しなかったのでしょうか。いずれにせよ禍根《かこん》を残しましたね」

私はこれに反発した。

「そうかもしれないが。こうも言えるのではないでしょうか。逆にインド映画がこれを機

に、アメリカ資本を丸のみにして世界進出を図る良いチャンスができたのではと。インド映画の世界流布はこれを機に活発化していくことでしょう」

秋山プロデューサーはかすかに微笑んでこう言った。

「笹野さん。私は全共闘世代の最後の生き残りです。あなたにも経験がおありでしょうが、私は若いみぎり、とにかく反米、反米で過ごしてきました。その気持ちはかすかではありますが今でも残っています。私は私の生まれる前、一九六九年五月十三日の東大で行われた東大全共闘と作家三島由紀夫との討論会を先輩諸氏から聞いたことがあります。あの時三島は単独で敵の懐に飛び込んできた。楯の会を結成してから一年余り、「祖国防衛」の三島の信念は日を追って強まり、そして翌一九七〇年十一月の三島事件です。翌年に楯の会は解散して会員たちはその片鱗も消し去って雲散霧消《うんさんむしょう》状態です。

しかし、三島はとにかく東大に単独で乗り込んできた。楯の会のボディガードはあってもなきが如しだったし、駒場九〇〇番教室の千人近い全共闘の学生は、数を頼んで押しつぶしにも懸《か》かれなかった。とにかく三島一人の気迫と頭脳とスター性に圧倒されっぱなしだったと聞いています。同じ年の一月本郷の安田講堂の活動学生の立てこもりが警察機動隊によって強制排除されますが、その件も討論に出てきました。三島はこう言いました。

（あの時安田講堂のてっぺんから飛び降りて自殺をする奴は一人もいなかった。所詮ままごとだった。堂々と心置きなく革命に命を懸けるやつはいないなかったのか。私は君たちの熱

情は肯定するのに）

（君たちの中に一人でも天皇万歳と叫ぶ者がいたとしたら、私は喜んで君たちと手を取り合って行動を起こすだろう）

常日頃から天皇制粉砕を叫んでいた私たちにこの言葉はこたえました。三島由紀夫の説く天皇とは、天皇制という打倒されうるような具体性をもつものではなかった。それは日本の文化、伝統、よすがの支えとしての、芯としての、媒体としての存在だった。そこが今になってやっと解りだしたのです。

私は今、こうして放送局の一職員として働いていますが同じように他のマスメディアにも多くの全共闘世代が入り込んでいます。

彼らの多くは日本を、その文化をとにかく忌み嫌っています。そしてアメリカに対する気持ちはとにかく憎い、の一言です。それでいながらアメリカの押し付けた日本国憲法はおとなしく順守しようとしています。際立った二律背反《にりつはいはん》といえましょう。彼らに言わせれば、日本国憲法は戦前の帝国憲法に比べればはるかに平和、人権、民主性に富んだきわめて良質の憲法だそうです。しかしその実態はといえば日本人弱体化をもくろんだ産物以外の何物でもない。でも、一度全共闘に身を置いた一人として、私は保守陣営に敵対の姿勢をとるしかないと思っています。マスメディアに身を置いてはいるものの、どうしても日本の、それも権力を保持しているものへの敵愾心は容易に消えそうもありません」

秋山プロデューサーは饒舌《じょうぜつ》にことを述べると私の反応を待った。

「いやー、実に気持ち良く思いのたけを言われましたなぁ。全共闘の生き残りにもいろいろなタイプがあることがわかりました。いや、これは皮肉を言っているのではない。あなたの考え、悩み、諸々の葛藤に正直胸を打たれました」私はそう言って、秋山を労《ねぎら》った。

秋山も大の映画狂だった。一時は本気で映画監督になろうとしたこともある。今まで放送局のプロデューサーとして多くのドキュメンタリー番組やドラマを手掛けてきたが、その多くが日本を戦争加害者として捉えたもので、戦争相手国の責任性などついぞ描いたことはない。

それでも三島由紀夫の亡霊は付きまとっていった。秋山が放送局に入社して間もなくの平成の十八年頃、彼は私淑していた全共闘の先輩に誘われ三島の監督主演した映画「憂国」をＤＶＤで観せられたことがある。

二・二六事件に連座しそこなった陸軍中尉とその新妻との情死（本人は割腹自殺）を描いたもの、と簡便に説明できるが、その意味はといえばとてつもなく難解である。「義」のために二人しての殉教、道行きではあるがそこに付帯していくのはエロティシズム、マゾヒズムの途方もない深みである。また歴史の大舞台から除外され、葬り去られた名もない人間の救済も意図されている。

この三十分にも満たない三島原作脚本監督主演の「憂国」を観てから秋山は己の歩んで

いく道筋の危うさを感じだした。

三島を嘲《あざけ》り罵倒《ばとう》する先輩の言葉を聞き流しながら、悶々《もんもん》とする日々が続いた。やがて彼はペンネームを作り、映画評論を書き始めた。映画評論でも名を成し始めたころ、「マルト神群」に出会った。

そして特番で婆須槃頭出演を企画したのであった。

婆須槃頭はいつ日本にやってくるのだろうか。マスコミが固唾を呑んでいる時、私の事務所に電話がかかってきた。

「もしもし、笹野さんですか。私、婆須槃頭です。今、成田に着きました。これからまっすぐ放送局に向かいます。そこでお会いしましょう。プロデューサーの秋山さんにもよろしくと言っておいてください。それから映画監督の新藤さんにもよろしく」

一方的に喋ると電話は切れた。私はタクシーで放送局に急行した。

途中携帯電話で秋山氏と新藤監督に連絡を取り事情を話した。両氏とも出迎えの体制を取ると約束があった。あわただしい顚末となったが婆須槃頭らしいと思った。

放送局に着くと玄関に秋山氏が待っていてくれた。ほかに二、三人の番組スタッフがいたが私とコンタクトを取るとそそくさと姿を消した。

それからかれこれ十五分ほどして、一台のタクシーが玄関前に滑り込んだ。後部座席には見覚えのある一人の男が巨体を縮めるようにして乗っていたが、車から降りるとすっくと背を伸ばし、私に手を振り合図を送った。慣れた仕草だった。私は近寄って声をかけた。

「婆須槃頭さんですね。笹野です。ようこそ日本へ」

「笹野さん、お久しぶり。見た感じまた大きくなられましたね」

「大きくなったかどうかはわかりませんが、インドでお会いして以来ですね。あれから何年経ったやら。お手紙もありがとうございました。今日はまた実に良い日になりそうです」

「私もインドで話せなかったことをここであなたに話せることを大きい喜びとしていますよ。放送局の特番では良い司会とナレーションをお願いします」

私と彼はごく自然に握手を交わした。私は婆須槃頭を見上げた。

インドでのあの日。私は只々彼を異形《いぎょう》のものとして捉えていた。

そして今日の微笑を湛えた彼は一個の青年だった。大柄で他を圧するムードは諸外国の映画撮影で培ってきたものもあるらしい。が、また実に気をそらさない雰囲気をあの日以来加えてきてもいた。

タクシー運転手が後部トランクから荷物を降ろし始めた。三個の旅行ケースを婆須槃頭は軽々と取っ手を持ってころがし始め、玄関に入ろうとした。秋山が近寄り会釈を送った。

「このたび放送局の特番にご出演されますが、番組のプロデュースを担当します秋山孝志です。お初にお目にかかります。よろしく」

二人は会話を始めたが意外と短い間だった。周りには報道陣のようなものは見当たらなかった。秋山が私に近づいてきた。

「彼の荷物を一時的に放送局が預かります。早速番組の打ち合わせに入りましょう」

「しかし、新藤監督も中にいれないと……」

「そうですね。では今少し待つことにいたしましょうか」

秋山は腕時計を見ながらそう言った。

婆須槃頭は旅行ケースを職員に預けるとホールのソファに身を横たえた。私は近づいて彼の横に座った。秋山は二人の正面に陣取った。

「今日からの宿泊は大丈夫なの」

「ああ、すでに予約済みですよ。マスコミがうるさいんで場所は教えられませんが」

「よく日本映画出演を決心しましたね」

「日本に生まれた以上はそれも致し方ないのかと」

「あれから外国映画出演が続きましたが、どうでした？」

「映画に情熱を傾ける人間は基本的にどの国も同じですよ。ただどこも私の主張を最後まで譲りませんでしたが」

我々の会話に秋山が割って入った。

「私が放送局のこの企画を立ち上げたのは、実はインドと日本のつながりを重視し始めた政府の意向があります。中国との関係が悪化していき彼の国の覇権拡張に我慢がならなくなった日本政府が、敵の敵は味方とばかりインドに目を向け始めたのがこの企画の発端でした」

「その話は伺っていますよ。しかし、敵の敵が味方かというと実際そうではないことのほうが多くてね。インドという国はしっかり中国の関心を引き付けて利権をあさっていますよ。反対に中国だって割り切ってインドと付き合っている。孫子の兵法のがめつさをあまり甘く見ないほうがよろしいのでは」

婆須槃頭は狡知《こうち》にたけた世界で揉まれてきた自信を披瀝するかのように、秋山の言葉を遮った。秋山はちょっと話の筋道を折られたことで黙り込んだ。

そこへ一台の黒塗りのバンが玄関前に到着した。車から降りてきたのは新藤由美子と見慣れない一人の男性だった。二人は目ざとく三人を見つけると近寄ってきた。

「婆須槃頭さん、新藤です。このたびは私の監督する映画にご出演承諾ありがとう。決してあなたのキャリアに傷をつけることは致しません。あなたの能力を最大限に発揮してください」

新藤はそう言うと立ち上がった婆須槃頭と握手を交わした。

数年前にインタビューした時よりも、ひときわ見事な女性へと変貌していた。年齢だって四十代に入ったばかりだろう。

「婆須槃頭です。女性の監督で映画に出るのは初めてですが、豊かな才能をお持ちの新藤監督なら、と思って日本にやってきました。良い作品になるようお互い最善を尽くしましょう」

「こちらは製作者で私の恩師、佐々木洞海《どうかい》さんです。全面的にあなたをプロテクトいたします」

新藤は連れてきた男性を紹介した。男は緊張したように頭を下げながら婆須槃頭と握手した。

私には初顔の男性だった。佐々木という男性は僧侶かと思われるいで立ちをしてみんなに挨拶して回った。偉丈夫という表現がピタリの怪異な容貌だ。どうやら裏社会に通じてもいるらしい人物と見えた。この男なら婆須槃頭の用心棒が務まるのではと思ってもみた。僧侶といっても日本の仏教僧侶ではない。東南アジア仏教もしくはチベット仏教の僧侶のいでたちだった。あのダライ・ラマを想像してみればわかるだろう。年の頃は六十代に入ったばかりといったところか。ひとしきり自己紹介が終わると佐々木はソファに体を沈め、禿頭をひとしきり撫でまわすと、

「いやー、あの婆須槃頭さんにお会いできてほんとによかった。私の生涯で生き仏といえるのは師父と、河西秀星、ダライ・ラマ、それと、婆須槃頭さんだけだ。由美子が監督する映画は中島みゆきさんの歌じゃないが、名も知れない地上の星たちの働きを描いている。

今度の初の時代劇にもそれが出ている。婆須槃頭さんはそれがわかったからこそ出演を承諾なさったのだ。こんなうれしいことはない。私は仏教徒として、一映画人としてもりもり勇気が湧いてきました」

私はその佐々木洞海という男のあけすけで八方破れな人格を、日本男性の素を見たようで好ましいとさえ思った。

「何時までもここにいるわけにはまいりません。皆さん、早速特番の打ち合わせに入るための部屋に参りましょう」

秋山が皆を促して先頭に立ち皆を引き連れだした。

エレベーターに乗り、上層階で降り立った。しばらく歩いて一室に入った。そこには先ほど玄関先で見知った番組のスタッフが数名すでに待機していて、テーブルには資料、計器、計画表などが準備として揃えられていた。

入ってきた五人はスタッフの挨拶を受けるとそれぞれ的確な椅子に座った。

「では、ただ今から放送局特番『インドから千年の暁を超えて』の放送に関しての打ち合わせを行います。私は番組全体の統括を受け持ちます秋山孝志。こちらは番組司会とナレーションを担当いたしますジャーナリストの笹野忠明さん。こちらは担当ディレクターの吉原修二君です。そしてメインの出演者、俳優の婆須槃頭さん。映画監督の新藤由美子氏、映画製作者の佐々木洞海氏です」

秋山はざっとメインスタッフの紹介を終えた。

「本日は打ち合わせ第一回目ということで、大まかな輪郭だけを押さえることといたします」

秋山は司会をディレクターの吉原に譲った。

「では私から一言。この特番は一週間後に第一スタジオを全面使って録画することといたします。要する時間は二日間。そこにあります計画表に基づき進行しますが、婆須槃頭さんの出演されました五本の映画のダイジェストを挟みながら、概ね座談形式で進み、合間に日印中露米の五か国のここ五十年の政治的葛藤を折り込みながら、千年のスパンで人類社会の行く末を見定めるといった構成になっています。婆須槃頭さんの初の日本映画出演を祝い、テレビ界からもエールを送るといった粋な演出も考えています」

聞いていた婆須槃頭は計画表と吉原とを見比べていたが、やがて一言を漏らした。

「エールといえばもっと送られてよいことがあるな」

「え?……」

「私の出演した映画と座談の肉声では、弱すぎるということだ」

「といいますと」

「私にぜひ歌を歌わせて欲しいということだ」

「な、何を歌われるんですか」

「ロシアとアメリカの歌を原語で」

「番組の中でですか」

「そう。背後にオーケストラの演奏が欲しいし、バックに男声コーラスもいて欲しい」

「曲は何でしょうか」

「この特番にふさわしく、ロシア歌曲『鶴』と、アメリカのミュージカルナンバー『オールマンリバー』だ」

吉原ディレクターは絶句した。彼以外もみんなが耳を疑った。

私もこの法外な要求にたまげたが、秋山だけが違っていた。

彼は計画表と予算書を見比べていたがやがて口を開いた。

「いいでしょう。そこまで言われるのなら。やってみましょう。ただし、あなたの希望通りゆくかどうかは今は断定できませんが」

私はとっさに彼、秋山の全共闘戦士としての意地と矜持をそこに感じた。秋山は携帯で連絡をとり始めた。

「婆須槃頭さん、映画の撮影はいつからですか?」

秋山の問いに新籐がとっさに答えた。

「この番組撮りが終わった八日後からです」

「ずいぶん時間がありますね」と再び携帯で連絡をとり始めた。

長い時間が過ぎていった。各方面に連絡をとる秋山を私たちは眺めていた。婆須槃頭だけが傲然と腕を組み瞑目していた。

俳優が番組で歌を歌う。世界各地の芸能界ではありうることだが、日本では珍しい。もっとも、石原裕次郎や勝新太郎などのように歌手としても一流であるのならそれはそれで見ものではある。しかし、日本に来たばかりの婆須槃頭がいきなり歌う、それも本人の意思で。このようなことが果たして実現するのだろうか。

やがて秋山が連絡とりを終えた。満面に笑みを浮かべこう切りだした。

「オーケストラと男声バックコーラスの目途が立ちましたよ。放送局交響楽団が希望の二曲の伴奏をやってくれます。バックの男声コーラスは放送局混声合唱団男声部が出演してくれるそうです。どちらもスケジュールが奇跡的に空いてました。まるで番組のために空けていたかのようです。婆須槃頭さん、これでいかがでしょうか」

「結構です。ご丁寧な連絡とりありがとうございました。早速彼らとのリハーサルにとりかかりましょう」腕組みをほどいて頭を下げるのを私は映画の一シーンのように見ていた。

「ギャラとか時間制限とか指揮との兼ね合いとかの細かい問題は、この際この秋山と吉原に任せてください」

婆須槃頭はこの成り行きをまるで予測していたかのように振るまっていた。翌日から番組のリハーサルが始まった。

婆須槃頭が日本にやってきているというニュースは隠しようもなく広まっていた。マスメディアの暴風が一気に吹き荒れ始めた。

私はインドに同行した内山に連絡を取り、マスメディア対策を指示した。内山が電話口で素っ頓狂な声を上げた。

「えーっ、あの佐々木洞海が放送局に来たんですか！」

「君なら知っているとは思ったんだが」

「知ってるどころじゃない。笹野さん、あの男はやくざ出身で一時のやくざ映画全盛期の大立者です。映画プロデューサーとして名を上げた後、僧籍を取りまして世界各地で仏教伝道者として活動、一時は表舞台から消えてはいたんですがね。また映画界に復帰したというのかぁ。やくざ時代はステゴロ（武器なしの格闘）で名を成した根っからの武闘派《ぶとうは》でした。佐々木寅雄というのが本名で既存の日本仏教界に異を唱える形で、ダライ・ラマに心酔しているということですが、婆須槃頭もえらい奴をボディガードにしたもんだ」

「とにかくだね。マスメディアの不埒な攻撃から少しでも婆須槃頭を守らなくてはならない。君にもよろしく頼むよ」

「わかりました。近いうち私も放送局に行ってみます」

リハーサルは私の司会で始められた。婆須槃頭を紹介し、インドでの初の出会い、その時の印象を絡め、対談の形でエピソードをつないでいく。日本での活動はほとんどが撮られる映画の羅列だ。「山名戦国策」をはじめ予定されている全三本の日本映画を手際よく紹介していく。そして日本をはじめ周辺国の情勢を年代記風に挿入しながら、世界情勢とインド、日本のつながりを要領よく浮かび上がらせていくのだ。

リハーサルで婆須槃頭はしきりに放送局の製作態度に注文をつけていた。公共の電波を使っていながら、国民に戦勝国史観を押し付けるとは何事だ。という趣旨の抗議だった。私との対談でもしきりにディレクターはその方向へもっていこうとしていた。

あまりにしつこいので二人はそっぽを向いて対談は中断した。

秋山はその都度、三人を懐柔しながらどう結論づけていいやら悩んでいた。それを見た私は秋山に気を落とさぬようにと励ました。

いよいよ、婆須槃頭の歌の日が来た。

オーケストラ、男声合唱団が配置につきテストを繰り返した。カメラ位置とカット割りも決まり婆須槃頭が姿を現した。ディレクターと最終打ち合わせで納得した彼はオーケストラの指揮者と握手し、次に男声合唱団とエールを交換した。まず、テストの第一回目だ。

前奏が鳴り響く。次に男声コーラスが悲痛な調べを奏でる。そのあと婆須槃頭がメロディーをハミングで反復しながら登場。そしてやおらロシア語で歌いだす。

第二次世界大戦、独ソ戦で散っていったソ連兵への鎮魂歌。

「鶴」だ。

私は　時折思うのだ
あの兵士たちは　血に染まり野辺に斃れて
この土の上には　もういない
ある時　白い鶴へと　姿を変えたのではないのかと
はるかな時のかなたから　この世の時へと
空を渡り　語りかけてくる
だからきっと人は　こんなに哀しく
言葉もなく　空を見上げたくなるのだろうと
飛んでいく　飛んでいく
列をなし　翼疲れはてるまで
霧の中　夕闇の空を
その隊列の小さな隙間は　きっと
いつか　私が埋める場所なのだろう
日は昇り　鶴たちが舞い来る
私もまた　藤色の靄の中を　空の下へ
鳥となり　呼びかけるのだろう

地上に残してきた　すべてのものたちへ

悲痛な歌である。婆須槃頭の低音《バス》が朗々とロシア語で情景を描いて訴えかける。想像以上に力量と声量に満ちた歌声だ。男声コーラスとオーケストラはフォルティッシモから徐々に音量を下げ消え入るように曲を終える。テストはOKだった。

ロシア連邦ダケスタンの詩人R・ガムザトフの手になる詩に、Y・フレンケリが曲をつけたものであるが、一九六五年、日本の広島で開かれた原水爆禁止世界大会にガムザトフは出席し、その時見た広島の原爆の子の像（千羽鶴の塔）に衝撃を受け、祖国の鶴伝説を思い起こしこの詩を作ったといわれる。婆須槃頭はこの歌に何を託したかったのだろうか。無辜《むこ》の民が無慈悲に命を奪われ散っていく戦争。そこには近代への相克もない。平和への理念もむなしい。只々生命の無駄な消費と、命を終えねばならない死んでいく者の無念さがあるだけだ。

婆須槃頭はついに私に何も語りかけなかった。聞いてもらう人だけがわかるとでも言いたげに。

次に歌うのは「オールマンリバー」だ。

曲調はロシアの重苦しさから近代アメリカの重苦しさに代わる。

ミュージカル映画「ショウ・ボート」で黒人によって歌われたこの歌は、アメリカの恥部をさらけ出した。奴隷としての黒人への言われなき人種差別の過酷さをミシシッピ川の悠々たる流れに託して歌われたこの歌を、婆須槃頭はどう描き切るのか。私は固唾を呑んだ。

カメラ中央にややうつむき加減に映った彼は前奏とともに顔を上げ始めた。私には見慣れた彼の顔が黒人のように見えだした。

前奏が終わると彼は静かに英語で歌いだした。

ミシシッピと呼ばれている親爺がいる
俺もあんな親爺になりたいもんだ
面倒なことが起きても悠々としている
自由がなくたって悠々と構えている

オールマンリバー
ミシシッピの親爺は
本当をちゃんとわかってはいるが
一言だって口にはしない
川は静かに流れていくのさ

ただどこまでも流れ続ける

川はポテトも植えなきゃ
綿も植えない
植えてる人間は
じきに忘れられちまうが
ミシシッピの親爺は
ただどこまでも流れ続ける

俺たちゃ汗にまみれて苦労して
体は痛み苦痛に呻く
荷船を引っ張り
荷物を上げる
酒など食らえば
監獄行きだ

身体はへとへと

やる気も失せて
生きていくのも嫌気がさすが
だからといって死ぬのも怖い
それでもミシシッピの親爺は
ただどこまでも流れ続ける

ミュージカル映画「ショウ・ボート」を観たものとして感想を述べたい。あの映画でこの歌を歌ったのは黒人俳優だった。歌は全くの素人。

しかし、切々とした情感は画面を圧倒していた。ラストシーンでも歌われるが、ミシシッピ川を下っていくショウ・ボートにかすかに手を振る主演のエヴァ・ガードナーよりも、船の後方で歌うこの黒人俳優ウィリアム・ウォーフィールドに感情を揺さぶられたのを記憶している。

婆須槃頭は黒人になり切り独唱し、再度男声合唱団と声を合わせて「オールマンリバー」を歌い切った。

交響楽団の伴奏も文句のつけようもない完璧さだった。録画が終わった。あとはこのシーンをいかに番組の中へ取り込むかだ。私のナレーションはその都度内容が少しずつ変化していったが、大幅な変更はなく無事終わった。婆須槃頭は私との対話で目新しいことは言わなかったが、新藤由美子が監督する最新作については、目を輝かせて抱負を述べた。しかし私は近々予定されている制作発表の共同記者会見の方が気がかりだった。映画そっちのけで、婆須槃頭の正体を暴こうとするのが目に見えていたのである。

共同記者会見の日がやってきた。放送局特番「インドから千年の暁を超えて」が放映される前である。「山名戦国策」の制作発表という名目での記者会見となった。

会場となったのは、タレントの記者会見でおなじみとなった老舗ホテルのホールである。午後一時の開始ということだったのにすでに報道陣は満席であった。私は壇上の末席に座ったが中央の席は空席のままである。そこに婆須槃頭が座るはずだ。新藤監督と佐々木プロデューサーはその右脇に座った。時刻は午後一時五分前である。

共演者の一人、ベテラン俳優の河村凛風も中央隣に着席した。山名宗全の役である。プロデューサーの佐々木洞海が河村と気安く会話を始めた。時折小さな笑い声も出てくる他愛ない会話である。

時折、佐々木は報道陣のほうへ視線を投げかけるがたいした値踏みでもなさそうだった。一時きっかりとなった。司会の男性が口火を切った。

「皆さんこんにちは。司会をやります田伏《たぶせ》明です。ただ今から、東活映画と関東テレビ放送の共同提携作品『山名戦国策』の制作発表記者会見を行います。この映画の制作にあたり概要などの発表は、製作の佐々木洞海さんにやっていただきますがそのあとご質問を随時承ります」

「その前に質問、ちょっといいですか」テレビ放送の記者が手を上げた。

「はい、どうぞ。手短にお願いします」

「今日の記者会見の我々の最大の関心、主演をやる俳優の婆須槃頭氏がまだ席についておられませんが、どうしてですか」

「はい、そのことにつきましては、まだ本人の身支度が整っておりませんので、整い次第ここに来ることになっています」

「何だ、何だ、思わせぶりかよ」

「もったいぶらないで早く姿を見せろよ」

「あとから、はいどうぞってことになりゃしねえか」

会場の報道陣から不満が漏れだした。ざわつきだした会場が一瞬にしてしーんとしだした。

みんなは何が起きたんだとばかり周囲を見渡しだした。

壇上の正面にその男が座っていた。婆須槃頭だった。報道陣はまるで魔法でも見せつけられたかのようにみんなが口を開けた顔でいた。

「皆さん、少しお待たせをしたようです。『山名戦国策』で主演を務められます婆須槃頭さんです」

婆須槃頭は立ちあがった。会場にどよめきが起きた。

「すげえ、背の高さはダルビッシュか大谷翔平並みだぜ」

「全体の雰囲気が何ともすごいな。寄らば切るぞって感じだぜ」

記者の口々のつぶやきなど一向にかまわないかのように、婆須槃頭は口を開いた。まるでマイクなど必要がないような伸び伸びとした低音《バス》だった。

「婆須槃頭です。日本の報道陣の皆様には初めてお目にかかります。どうぞよろしく。私の故郷の日本で映画に出演できることにたいへんな喜びを感じています。ここにおられる大先輩の河村凛風さんや、製作の佐々木洞海さん、そして監督の新藤由美子さん、その他大勢の映画に携わる人たちと映画づくりに邁進できることを幸福に感じるものです。今日の記者会見が有意義に終わることを念じています」

それだけ告げると周囲のスタッフに軽く会釈して座った。

司会の男の誘導で佐々木洞海が映画の概要を説明した。映画の背景になる時代の説明などは大きく割愛した。出演する俳優は壇上の二名の他に多数という表現で済ませた。脚本監督の紹介で新藤由美子を紹介した。新藤由美子が立ち上がって頭を下げた。

監督への質問も飛び始めたが、みな気もそぞろで次の出番を待っていた。私は皆の気持ちが痛いほどわかった。婆須槃頭を早く質問の場へ引っ張り出したかったのだ。司会が俳優への質問に切り替えた。待っていたかのように挙手が多数上がった。その一人が立ち上がって婆須槃頭へ最初の質問を浴びせた。

「主役をされる婆須槃頭さんにお聞きします。あなたは海外で映画デビューなさり、それ以後多大な人気を集められておられますが、この日本で今なぜ映画デビューをされるのか。また、芸名のままで、なぜ本名や出身地、生年月日などを明かされないのか、日本人として知りたい重要な事柄です。この点についてお答え願います」司会が婆須槃頭に答えを促した。

「今の質問で本当に知りたいことは、なぜ日本映画に出ようと思ったのか、それではないかと思います。お答えいたしましょう。私はインドでデビューしそれからいろいろな国で映画に出ましたが、祖国の映画はまだでした。いつか出たいと思っていた。そこへ新藤監督から出演のお誘いがあり、送られてきた脚本を読んですっかり気に入り、出演を承諾して今日の会見となったわけです」

質問した記者がいらついたように質問を続けた。

「そんなことはみんな承知していますよ。我々が今一番知りたいのはあなたの素性です。なぜ日本名と出身地、経歴、略歴をおっしゃらないのか、不思議です。日本人が今一番知りたいことです。おっしゃってください」

婆須槃頭の顔が見る間に険しくなっていった。

「ではお聞きしましょう。あなたは今私の素性を、と言われたが、それが何に対して重要なことなのでしょうか。逆にお尋ねいたしましょう。ここにおられる河村凛風さんの経歴、芸歴に対してあなたはどれくらい御存じなのでしょうか。御存じだったらそのことと私のそれを比較することがどれほど無意味なことなのか。考えたことがありますか。どだい、一時的に好奇心を満足させるだけのことを、国民の探求心などと言いかえること自体が間違いです。どうでもいいことと大切なことを混同しないでいただきたい」

「どうでもいいことなんかじゃない。我々はあなたの日本人としての本当の姿を知りたいだけです。ここで国民全体に対してそれを明らかにするのが、そんなに嫌なのですか。だったら何故そうなさるのか理由をお聞きしましょう」会場がざわめきだした。

再び反論しようとした婆須槃頭を傍らの河村凛風が制した。

「面白いことになったものだ。君たち芸能記者の今の顔つきは餌を目の前にして目をぎらつかせている犬そのものだ。でも素直に餌をやって引っ込むような玉ではないことは百も承知だよ。今彼が言ったことは、今から四十年ほど前、片岡千恵蔵、市川右太衛門両御大《おんたい》が記者連中に言ったこととよく似ている。両御大はこう言われた。

『芸の中身で勝負するものが、素性がどうのこうのと言ってられるか』

いいかい、彼は映画の世界でものを言ってきた男だよ。一つの大きなイメージを作り上げ、また一つ大きな世界でものを言おうとしているんだ。だったらそのことを正直に祝福してやったらいいじゃないか。今日こそ奴の仮面を引っぱがしてやる、なんて、どういう権利を持った奴の言うことなんだよ、えー？　俺は映画界に入ってすでに五十年だが、芸名を河村正蔵といってた頃を知る奴も少なくなった。普段は呑み助で女に目がないエロ爺だがこと映画のことになると、誰に引けを取ることもないと自負している根っからの映画屋だ。その俺がこうして初顔の婆須槃頭と五分の勝負をしようとしてるんだ。その俺に免じてこれ以上彼をいじめるのはやめてくれよ。頼んだぜ」

記者連中は皆顔を見合わせぶつぶつ小声で話し始めたがやがて一人が手を上げた。司会者が指名すると立ち上がったのは、記者連中でも年嵩《としかさ》の、リーダー的でインテリ風な外見を持つ男だった。

「河村凛風さんの今の言葉、一ファンとしてまことに身に染み入るものがありました。いいでしょう。これ以上婆須槃頭さんの素性を追及するのはやめましょう。しかし、これだけはお聞きしたい。婆須槃頭さん、あなたがインドで一スタッフとして撮影所で働かれていた頃を知るものはここにはいない。しかし、そのすぐあとであなたは涯鷗州に企画と脚本を手渡し映画『マルト神群』をスタートさせましたね。あの映画は誰の指示と力で出来上がったのでしょうか。その発端を切り開いた存在をあなたは知っているはずだ。それをお聞かせ願いたい。私はそれを形而上《けいじじょう》的な存在だと思っているわけですが、インドと日本の目に見えない繋がりとか、仏教的多神教の起源とか、そんなことは抜きにしてぜひわかりやすい言葉でお聞かせ願いたい。また、あなたがそれをきっかけとして俳優として変身し、世界の映画界に旋風を巻き起こしていく過程の、その筋書きを描いたものは誰なのか、答えにくいかもしれませんがお聞かせ願えませんか。以上です」

すごい質問だと思った。彼がどのような答えを期待しているのかさえ見当つかないえらい質問だと思った。

婆須槃頭は質問者に鋭い眼光を送っていたが、やがて切り出した。私は、傍らの佐々木洞海が睨む目つきになっているのに気づいた。

「端的に申しますが、私には自身がインドに渡る理由が見つからなかった。只々成り行きでそうなったとしか思えない。そのインドで私は貴重な経験をした。おそらく日本や、アメリカに居続けていたとしたら経験できなかったとしか申しあげられない。

その一つが人格変貌だ。あるきっかけでインドで私は人格が変わった。ありきたりの言葉でいえば超能力としか言えない能力が身についたのだ。そして何者かに命じられるようにして『マルト神群』の創作に向かっていった。よくぞと思えるほどの才能が周囲に集まりだし、映画はまれに見る傑作となっていった。

そして、私自身の俳優としての道筋も何者かによって切り開かれていった。その何者かが私にも解らないのだ。ただ言えることは、私が関係した映画によって人生に活路を見いだした人が多いということ。それが、その何者かの深謀遠慮《しんぼうえんりょ》によってだろうということだ。

私はこれをサムシング・グレート（偉大なる何か）によるものと思いたい。彼が何者であるかはどう考えてもわからない。彼が何を目指しているのか、ここにおられる皆さんと考えてみたい」

会場が彼の答えで沸き返りだした。司会者が次の質問を促しても容易に手が上がらない。ざわめきだけがひたひたと高揚し始めた。

その時だ。婆須槃頭の傍らにいた佐々木洞海が突然声を上げた。

「みんなどうしたんだ。俺は映画プロデューサーとして『山名戦国策』を婆須槃頭さん主演で作ろうとしているのに、さっぱり質問が来ないじゃないか。婆須槃頭さんの日本人としての素性だとぉ。そんなものはいずれ誰かが明らかにするよ。本人もそのことを嫌がっているじゃないか。それよりもなぜもっと映画についてのおたずねがないんだい？　この映画について何か不承知なものでもあるのかい」

佐々木は自分の仕事について無関心すぎるとでも言いたげな口調で述べまくった。司会者が再び質問を募った。一人が挙手した。

「佐々木プロデューサー。あなたは新藤監督を今日のように女流監督の第一人者に育てられました。そのことを大いに讃えたいと思います。そもそも新藤監督とはどの様な出会いがあってのことだったのでしょうか」記者は二人の出会いと交渉を、男女の絡みで捉えようと手ぐすね引いて待ち構えた。

「今の質問、ちょっと不躾じゃないかね。よし、話すからその耳かっぽじいてよく聴け。

俺と彼女の出会いは二十年以上前にさかのぼる。

俺がやくざで名を成して肩で風を切っていた頃だ。やくざ映画のアドバイザーもやっていた。しかし実は俺は心臓に問題を抱えて苦しんでいた。ある時路上で発作を起こして倒れたのを救急車で運ばれたんだ。その時救急車内で俺の応急手当を手際よくやってくれたのが当時、救急救命士だった新藤監督の兄貴だったんだ。搬送先の病院の先生達もその手際の良さを褒めていたよ。おかげで命拾いしてから俺はやくざの足を洗ってかたぎになった。

どうせ拾った命だからと俺は修行をして僧侶の資格を取り、映画の仕事と並行して仏教の宣布活動に力を入れた。そのころ映画監督見習いで頑張っていたのが新藤君だった。新藤君の兄貴のおかげで拾った命、俺は彼女の頑張りを陰ながら支援した。勘ぐっちゃいけねぇよ。俺は命の恩人の妹とどうのこうのといいちゃついてたんじゃねぇんだ。

バチが当たるぜ、そんなことすりゃ。それからは彼女の兄貴と三人で、この世で日の当たらない連中にスポットを当てる映画を作り続けてきたという訳さ。彼女の兄貴はその仕事柄、多くの人間の人生の断片を見知っていたからねぇ。ところで今度の映画で主演される婆須槃頭さんだが日の当たらない人間を、どう力強く演じられるのか製作者として大いに気になっているところだ。しかも、最初の日本映画でしかも時代劇だぜ。本人は大変だよ。会場のみんなも大いに後押ししてくれよな。頼んだぜ」

笑いと拍手が起こった。

まるで河村凛風と同じような幕切れだったが、会場は佐々木の気風の良さに一気に明るくなった。会見は一応無事終了した。

一部始終を見ていた秋山が感に堪えたように言った。

「あの婆須槃頭という人はいろんな人を巻き込みながら能力を向上させていく稀有《けう》な人なんですねぇ。三島由紀夫の再来を見たような気がします。仏教でいうところの菩薩か、阿羅漢といったところでしょうか。とにもかくにも僕の苦悩の救済者には間違いありません」

私は始まった映画の撮影に何度か付き合った。婆須槃頭はさすがに最初は日本映画の撮り方に面くらっているようだったがすぐに順化していった。共演者だろうが撮影スタッフだろうが一切差別しない彼の度量に現場は感心しきりだった。撮影は三か月で終了した。撮影終了の日、新藤監督は婆須槃頭とハグをして涙ぐんだ。

公開は全国一斉だったが、婆須槃頭の山名方の武将、堀内泰時の満身創痍《まんしんそうい》でも領民と共に生き抜いていく姿はブームを呼ぶほどの人気を勝ち得た。放送局の特番が放映されたのはそれからだった。

視聴者へは婆須槃頭の実像と異能ぶりが印象付けられた。それ以後、婆須槃頭の俳優としての快進撃が続く。

二作目はがらりと趣向を変えた現代劇。天才漫画家三山のぼるの最高傑作「天地燃える」を改題した「わが身世にふる」で、絵に描いたような二枚目ピアニスト在原業《ありわらごう》を演じ、日仏混血の女性主人公小野マチ子との絡みは若い世代の喝采を浴びた。日本での第三作目はモンゴルとの合作「北の北なる」義経ジンギスカン説をテーマとした映画で武蔵坊弁慶を演じるといった具合に活躍が続いていった。

撮影ロケ現場に取材と称してマスコミ関連の男たちが乗り込んできて、婆須槃頭の素性を知ろうとしてしつこく張り付くことが多かったが、そこでも佐々木洞海のボディガード振りが際立っていた。

彼のひと睨みで取材の連中はこそこそ退散せざるを得なかった。

やくざ時代、彼は両手に皮手袋をはめただけでいろんな武器に立ち向かっていった。相手がドスだろうが、拳銃だろうが一向にかまわない。その胆力と抜群の反射神経と旺盛な闘争心で、素手のまま相手を叩き伏せるのである。その時のすごみが十分生きていた。

「もしもし、笹野さんですか。婆須槃頭です。お世話になりました。今日の朝インドに向けて発ちます。皆さんによろしくお伝えください。あなたとはまたお会いできるでしょう。ひとまず、さようなら」

ある日の朝、また彼からの単刀直入の電話が入った。私は飛び起き空港までを車ですっ飛ばした。空港ではエア・インディア航空が一機今まさに飛び立つところだった。あまりに性急な出発だった。

私は離陸していこうとしている旅客機に手を振った。

「彼とはいつかまた出会うことになる」そういう確信がどうしたことか私のなかで不動のものとなっていた。旅客機は飛び去った。

婆須槃頭が日本を去って以来、彼とは音信不通になった。しかし、海外からの映画情報では彼の諸外国での映画出演は目を見張るものだった。フランス、イタリア、ロシア、インド、イスラエル、中国と気ぜわしいほどの多さである。いよいよ世界的な高名ぶりに拍車がかかっていった。また、彼の出演によってそれらの国の映画水準も向上していくのが見て取れた。彼の映画技術者としての力量と先進性が反映されたものだろう。

しかし、アメリカ映画にはどうしてか、そっぽを向いたままだ。私にはそれが反米思想に基づくものなのかどうか解らなかった。

「あの男は日本人の規格を大きく逸脱していく。だが、何かの目的でそうせざるを得ないのであろう」

私は職業柄盛んに婆須槃頭を中心とした問題を披瀝し、出版物にそれに関連した論文を書きなぐっていった。反響は微妙だった。

「たかが一映画俳優の行動をそんなに針小棒大に論じるものではない」と蔑む向きもあれば、

「たしかにこれは大変なことが起きようとしている。その男の異能ぶりは何かの前触れでは」と共感を示す向きもあった。

共感を示した筆頭は、国際ジャーナリストの宇田川博《うだがわひろし》だった。

私より六歳ほど年上の彼は、これまで多くのユダヤ問題にかかわってきた。ユダヤ問題では日本のジャーナリストで彼の右に出るものはいない。彼とは一緒に仕事をしたことが何回かあるが、彼がいつも言っていることで今も忘れられないのが、

「笹野、いつの日か日本とイスラエルは涙交じりに手を取り合うことになるぜ」というものだった。それが何を意味するのかいまだに解らない。

令和の時代は幕開けから異常な事態となった。新型コロナ・ウイルスの世界的蔓延で、あらゆる平和協調の行事が出鼻をくじかれて中止あるいは延期に追い込まれたのだ。世界中の人間が群れることを禁止され、疑心暗鬼《ぎしんあんき》となり、景気が低迷、命の危険に誰もが集まりを避けて、家に閉じこもり考え込む事態となっていった。

日本の隣国でも激動の様相をとり始めた。香港問題が激化してシナ本土の危機意識が強まり、強硬姿勢が取りづらくなったところへ、突如起こった武漢発の新型コロナ・ウイルスの世界的蔓延がシナ政府に一転強気の姿勢を取らせることとなった。怪我《けが》の功名《こうみょう》というべきものか、危機を逆手にとって香港の反政府勢力の抑え込みに成功したのだ。その勢いを駆って台湾にまで勢力を伸ばしたシナ政府は台湾の同化に成功する。次は日本とばかり

沖縄、尖閣諸島のシナ領有までを日本に認めさせようとしだした。いずれは日本を領有しようとする腹積もりだろう。

隣国の韓国も同じだった。韓国大統領は念願だった北朝鮮との統一を達成させ朝鮮半島は「高麗連邦《こうらいれんぽう》」一国となった。ついに核爆弾を持つ国が隣国に登場したのだ。それを基に日本に今にも襲い掛かってくる情勢となってきた。このような激変が令和二年から八年にかけて次々に起こった。日本は戦後最大の難局に遭遇しだしたのだ。ようやく目覚めたといってよい日本人の危機意識だったが、それに拍車がかかりだした。やっとにして、日本は国家としての統一意思を明確に示し始め出したのである。

この事態に在日アメリカ軍は反応が早かった。日本国内の軍事施設の整理を始めたのだ。要するに敵前逃亡、かかわりを持ちたくないという気持ちの表れだった。朝鮮半島からは早々と撤退している。

令和もようやく二ケタの年代に入ろうとした矢先にこの情勢はあまりに酷だった。今上天皇はマイクの前に立たれ国民に自制を求められた。日本国首相は現在の憲法を改正し、いつでも国難に対処できる体制づくりを始めた。憲法改正の手順は順調に進んだ。

この時だ。私にとってあの懐かしい人物が再び日本に姿を見せた。

婆須槃頭だった。しかも今度はあのインドで一緒だった、宮市蓮台、ハマーシュタイン、涯鷗州監督の懐かしい三人を引き連れている。四人は日本に到着するやいきなり首相官邸を訪れ、首相に面会を求めた。多忙を極めてやや憔悴《しょうすい》気味の首相は、四人から世界にとり、重要ともいえる日本の役割を諭される。今こそ日本は国難に対処するだけでなく、世界への重要な任務を全うすべき時が来たと諭される。私もその任務の一部となる過程を次章で表すこととしよう。

第三章

神々の劫罰《ごうばつ》

法廷。そこは異空間といって良い。大部分の人間たちは後方の傍聴席に座って眺めているだけだが、彼らが見つめる柵の向こうには形容しがたい修羅の巷となりうる現実がある。被告とされた人間は自己の罪を薄々と、あるいは否定したくなる衝動にかられつつも、どのような弁解、弁護、救済を期待してか、自己の矜持も手伝って狂おしいほどの重圧とに向き合わざるを得ない。弁護士だけが無二の救い手である。

原告、検察側の心理も複雑である。被告に対しての恨み、憎しみ、量刑の如何、果たして自己が原告たりうるのかの葛藤、訴状の適切性の如何などを鑑み、これまた重圧との戦いである。裁判の長期化、訴えの風化、検察側への不信感といった新たな敵も浮上してくる。

検事、これはまことに被告の天敵である。検察の主張をもとに罪状を縷々調べ上げ傍聴人および天下隅々までに述べ上げるにあたり、被告に不利な参考人、証人を順次法廷に招き入れては被告への訴状を堅固とする。被告側の押し立てる弁護士、証人への呵責のない反論は、それ自体が被告への痛手となって押し寄せてくる。

弁護人あるいは弁護士、被告の罪状をいかに合理性に合致したもので、情状酌量とするものかに心身を砕く。いかに弁護の必要のないと思われる罪状であってもその姿勢は変わらない。被告にとってはただ一本の救いの糸であろうし、唯一の頼みの綱である。

裁判を取り仕切り司る裁判長、判事は被告、検察両側の主張を公平に聞く役割だが彼らの下す判決の根拠はといえば、六法以外にも複雑な社会の現実性が関わってくるし、彼らのこれまでに形成された人生観、思想も影響を与えてくる。判決にはそれらが色濃くのしかかり、第三者から見て、意外とも思える判決が結論づけられることもしばしばである。

さて、これまで人類は様々な法廷を現出してきた。民事、刑事、あるいは軍法会議と呼ばれる軍事法廷、戦争犯罪を取り仕切る司法裁判、以上などはまだ良い方である。古くを顧みれば、時の絶対権力者による弁護なしの一方的裁判、あるいは中世の魔女裁判などおぞましくも振り返りたくもない厳とした歴史が存在する。取り調べと法に則した判決が同時進行していくかっての日本のような法廷もあった。

人類はかって宗教裁判なるものを経験してきた。時の宗教権力者により教義に反したものを処断する裁判であるが、先に述べた魔女裁判や、弁護の機会を与えぬ絶対権力裁判に傾くことが多かった。欧州のガリレオ裁判、ジャンヌ・ダルクの魔女裁判などがとっさに脳裏に浮かぶが、ことはキリスト教社会に限らず、一神教社会全般の必然的ともいえる司法形態といってよい。マルクス主義絶対社会にも似た動きが存在する。共産主義を信奉すればなぜか必然的に独裁者を現出させることになる。元来、共産主義は労働者を絶対視する社会機構なのにどうしてか、その労働者側が絶対者を生み出し権力を与えてしまう。この習癖は世界共通のものといってよい。であるから三権の分立など望むべくもなく、絶対独裁者がそのすべてを掌握してしまい、己が好みのままに司法を動かし被告の罪状まで決めてしまうこととなる。中世の異端裁判そのものといえる。

そして二十一世紀、久方ぶりにか、宗教を裁く巨大な法廷を人類は経験することになるのだ。

婆須槃頭を含む四人はいきなり日本国首相に面会を求めた。幸い首相は「マルト神群」を観ていたので婆須槃頭と宮市蓮台を記憶していた。それが良いきっかけを生みいきなりの面会を可能にしたのである。では監督の涯鷗州は果たして何のために日本に来たのか。

首相官邸に到着した四人は警備官に会見の趣旨を説明するや、制止を振り切るようにして入っていった。幸い官邸にいた首相はこの不躾な侵入者の一人に会見の趣旨を直接聞いて、最初その一人にしか会見の場を与えぬようにしようとした。しかしその一人は激昂して、四人全部の意見を聞くようにと首相に迫った。ことは緊急を要している、急ぎ首相に提案したいことがあるのだ、と婆須槃頭は迫った。やむをえず、内閣官房長官と直近の警備を担当するSP二人を同席させることで四人との緊急の会見が実現した。

官邸の一室に八人は入っていった。婆須槃頭は型通りの紹介を取り仕切り、首相専属のSPの二人を残し六人全員がソファに着席した。一番年配と思われるハマーシュタインが口火を切った。

「日本国首相にお目にかかれてこんな嬉しいことはない。私は米国P映画社で重役をやっているハマーシュタインというものです。婆須槃頭君と宮市蓮台嬢および涯鷗州監督とはインドで一緒に映画を作りあげた仲だ。私は日本を深く愛し共感し続けている。私はユダヤ人だ。一神教徒だ。お願いしたいのは日本の一神教世界および国際共産主義への取り組み方だ。はっきり申しましょう。

私は一神教とそれから派生した共産主義の未来に絶望を感じている。あの『マルト神群』を首相は観られたそうだが、お解りいただけたと思うが、あの映画で最終的に一神教と共産主義の未来世界への暗黒を予知させたのはここの三人の功績だ。

あなた方日本人にはもって生まれた、欧米人にはない神に愛される特質がある。ユダヤ人だけが選民なのではない。日本人も十分に選民なのだ。それを忘れないでいただきたい。私がここで日本人にお願いしたいことはただ一つ、日本人によってこの迷妄の世界を平安に導いていただきたいということだ。首相には日本をその場所へ導いていく義務と、力があると信じている。よろしくお願いしたい」

婆須槃頭の通訳を介してのハマーシュタインの叙述は終わった。

首相は途中何度もその意味を確認するかのように、通訳に尋ねる。そして何度も頷いた。明らかに共感しているかのようだった。

次に話を始めたのは宮市蓮台だった。身にまとったサリーはまるで日本の国旗をあしらったかのように赤と藤色と白色とに彩られていた。どう見てもインドの若い貴婦人にしか見えない彼女からよどみない日本語が発せられた。

「日本国の首相に深い敬意をささげます。私は国籍こそインドですが、生まれも育ったのも日本です。涯鷗州監督のおかげでインドで映画女優として羽ばたき今日を迎えました。その間、限りない多くの人々からの手助けと励ましを受けて育ってまいりました。心から感謝申しあげる次第です。私は一人の女として首相にご提案申し上げます。今、全世界の政治は、男だけの領有のみでは済まされない情勢となってきています。この情勢に首相はどう思われるかは知りませんが、女性の能力を認めてもよい時期に来ているのではありませんか。女性の能力で国難を乗り切った事例はたくさんあります。今現在の日本の国難は十分女性の能力で凌ぎ、乗り切れると考えます。

国家と国家の軋轢にも女性は十分に耐え凌ぎ、対処できると考えます。首相はこれを鑑み、女性の力を外交の砦に使っていただきたいのです。どうか、お願いいいたします」

宮市蓮台の叙述は終わった。

首相は映画「マルト神群」のローダシーを思い浮かべていた。あの役を演じた女優が目前にいる。その口から女性の底力ともいうべきものが語られた。それも自信たっぷりに。外交に使えるものだろうか。首相は単純には信じられなかったが、検討してもよい意見だと思った。

三人目の涯監督の出番となった。

あの「マルト神群」を監督した男ということで首相の目も輝きだした。涯は見た目、やや、みすぼらしさが目立ついでたちだった。

笹野や内山がインドで見た彼とは、年齢的にもやや全盛期を過ぎた感じのようだった。涯はやや口籠って明確な日本語を発しなかった。見かねたように婆須槃頭が乗り出した。

「無理にインドからお連れしましたが、監督は『マルト神群』に全精力を傾注なさって以来、今はやや生気を亡くしたかのようになっておられます。あの作品は私どもにとって忘れることのできない映画でした。監督は是非これだけを首相にお伝えしたいとここへ来られました」

首相はそれを聞くと少し眉を潜め、涯を労う様なそぶりを見せた。

「お気遣い無用です、首相。どうぞお気遣いなく。首相は『マルト神群』をご覧になられたとか。ありがとうございました。あの映画は私の能力を大きく凌駕して作られたものでした。スタッフ、俳優、その他、もろもろの才能に富んだ人たちの力によって、私の思い描いた以上の作品に仕上がりました。おかげで世界中で共感を呼び、今だ上映が継続している。あの映画を見てくれた人が何か途方もない経験値を得た気分となってくれたことが私には十分うれしい。首相は覚えておいでですか。二時間三十分の上映時間のうち、地球人類の出番はほんの二十分に過ぎない。あとは地球外知的生命体すなわち神々の物語です。彼ら神々は、もともとは地球の引力圏外から飛来してきたのに、いったん地球の引力につかまると、かくも人類のコピーのように堕していくものかと、私自身神々の変貌に嫌悪感を持ったほどでした。

おっと、あまり長く時間を取っては首相のご迷惑でしょうから、ひとつだけお願いを申し上げます。この婆須槃頭君とも話し合ったのですが、今、国、故郷を失い難民となってさまよう無数の人民が世界にいます。シリアからもベトナムからもその他の地域からも。生まれ育った国を捨てて難民になるとは余程のことがなければできないことでしょう。彼等は行く先々で、パスポートのない苦しみ、つまり国家の庇護を得られない苦しみ、悲しみを味わいつくしています。この島国に生まれ育った日本人にはとても解りかねることですが、せめて難民の気持ちを解ってやってください。彼らを受け入れたヨーロッパの国々は今までの人種差別の報いを受けているのだといって過言ではありません。日本も難民の受け入れを徐々にではありますが始めました。彼らの受け入れをもっと増やせといっているのではありません。ただ、どうか彼らの気持ちをもっと解ってやって欲しいのです。首相、どうかお願いいたします……」

涯はそれだけを言ってぐったりとソファに身を預けた。

「涯監督は日本を出られて諸国を巡り歩き、様々な体験ののちインドで映画の真の役目に到達されました。そこで全精力を使い果たされ、故国日本に戻ってこられました。これから彼の縁者を逐一《ちくいち》探していきたいと思います」婆須槃頭は力を失って息が小さくなった涯をそっと蓮台に預け、首相に向き合った。

「首相。難民の問題は明日の日本が避けて通れない問題かと思います。最後に私から具体的な提案をさせていただきます。私はあの映画『マルト神群』で悪魔に扮しました。そう、キリストとの荒野の対話のシーンです。私はドストエフスキーの『カラマーゾフの兄弟』でイワン・カラマーゾフが作り上げた大審問官の提起した問題を、改めて全人類に裁判化して評決を求めたいのです。それが否か、諾か」

首相の目が異様に光りだした。この男はなんととてつもないことを言ってるんだ。裁判だと？　それを日本が推し進めるだと？

「あの小説で大審問官は何をキリストに尋ねたか、お判りでしょうか。映画とも関連がありますので再度述べたいと思います。それは人類の食の問題、パンの問題なのです。天上のパンともいうべき精神の自由よりも切実なのは、地上のパン、今現在の飢えからの脱却、充実が最重要だというのです。あたら、精神の自由を最高のものと教えてしまったが為、キリストは取り返しのつかない重荷《おもに》を人類に負わしめてしまったというのです。この大審問官は実はアンチキリストでした。悪魔に加担しているとも思われます。その彼が終始無言のキリストに突きつけたものは、信仰よりももっと切実な人類の本能、食の問題でした」

婆須槃頭は恐るべきことを発言しだした。ことは全人類に関わってくることなのだ。

「大審問官はスペインでの異端裁判の最終審査を行い、法王にも匹敵する権力者なのですがその彼がなぜキリストを敵視するのか、それは己の領分を守りたいが為でしょう。ただし彼の言い分は何ゆえか我々日本人の心には響いても共感できかねます。何故でしょう。それは彼が確たる権力者だからです。奇跡を一切生じさせない宗教者である彼。キリストは一切無言で最後に大審問官に口づけをして立ち去ります。これはキリストの敗北でしょう。奇跡も起こせない奴が何をたわけたことを言ってるんだ、と日本人は大審問官を叱り飛ばすはずなのです。神がいなければすべてが許されるだと、阿呆ぬかせ、と日本人はドストエフスキーの苦悩を蔑んで笑い飛ばすはずなのです。神がいたっていなくったって、人間にはやっていいこととならぬことがあるんだよ、お天道様がちゃんと見ていなさる、と。どうしてそれができないかといえば、一神教をキリスト教を過大に感じているからです。だから、昔から日本人は、この大審問官の思想に特別の価値があるものと過大に評価してきました。私はここに異議を唱えたい。

一神教と日本人とは水と油です。だから、昔から一神教を受け入れなかったのは道理なのです。ドストエフスキーが絶対空間に一柱しかいないと思われる絶対創造神についてロシアの風土の中においてあれこれ悩んだことについては、この日本人のおおらかさを知っていたのならと私は思います。私はここで声を大にしてお願いしたい。（ここで婆須槃頭は一度息を引き継いだ）

今現在、世界は一神教の論理で動いています。先ほども言われたように、そのゆくすえは出口のない地獄です。一神教を、またそれに付随した共産主義を世界に広めたのは誰か。それを地上の人類のみならず地球発生以前の過去にわたってその存在を突き止め、裁く機会、裁判をここに提案いたします。それを提案、発議するに一番ふさわしいのは日本に他なりません。なぜなら、日本は一神教と共産主義をこの世に生み出したユダヤ人と血を分け、袂を分かった兄弟であるからです。その兄弟の誤りとやらを指摘し悟らせうるのは日本人しかいない、とそう考えるのです。私はここに強くお願いいたしたい。自ら先頭に立ち法廷闘争《ほうていとうそう》を行いたいが故のご協力です。

原告、および検察側検事は私自身がなります。法廷は日本が最適かと思われますがこればかりは然る所としか申しあげられません。

私はアジアがこうなっていくのを見るのに耐えきれない。その大本を断つしかない。首相、いかがでしょうか。私を含めたここの四人はいずれもこの私の提案に賛成です。一刻も早く世界の良識者に呼びかけをお願いいたします。そして法廷の開廷をお願いいたします」

首相はこの婆須槃頭の途方もない考えを半信半疑で受け止めた。

「しかしだね、日本から例えその考えを発議しても一神教を国是としている欧米、中東、中南米、アジア、アフリカ諸国は一向に乗ってこないと思われるが、それについての方策《ほうさく》はあるのかね」

「あります。起訴状を発表します。これを諸外国に送ってください。これに無関心を装う国はまず無視することです。私には確信があります。いまだ未解決の政治的謎に翻弄《ほんろう》されている国には、その解決を廻ってのまさに渡りに船のチャンスとみて、この提案に乗ってくるはずです。やってみてください。私には、この日本国の存在価値を今ほど世界に向けて発信する好機は巡ってこないと信じます」

首相はそれでも躊躇の姿勢を崩さなかった。

「首相、何を躊躇しておられるのですか。この法廷を取り仕切るのは地球人類でなくてもよいのです。この銀河系宇宙の最高位にあるものでよいと思っています。判事の役もそれらに準ずる者でよく、地球創世、人類発生以前の関連者も参考人、証人として法廷に出てもらいます。これは人類史上かってない裁判となるのです」

婆須槃頭はすっくと立ち上がると、中庭を目指して立ち去った。

ＳＰの二人が慌てて首相の前に立ちふさがったが二人には眼もくれなかった。やがて中庭に出ると上空を睨みつけるようにして声を発した。どこから出てくるのだというほどの大音声《だいおんじょう》だった。

「おお、地球創世のおおいなるものよ、私はこの日本からあなたに謹んで申しあげる。今、アジアはこの地上の人類は一大変換の時を迎え、かってない危機に直面している。あなたの造りえたこの地球に住むすべての生物は、固唾を呑んであなたの意思を知ろうとしている。人類、人類、人類。あなたが造り得た人類はいったいどこへ行こうとしているのか。地上に現れては、はかなくも消えていった過去の膨大《ぼうだい》な数の人類は何を知りたかったのであろうか。わが身とわが苦界のそもそもこそを知りたかったのではあるまいか。あなたが人類に教え諭した教理も今や滅亡への片道切符でしかない。その滅亡を防ぐ道は人類の目前で法廷を開き、隈なく、人類全体に蔓延した教えのそれを見さしめることを主張したい。これは日本とインドの提携の発案でもある。

どうか銀河全体の緊急事態として受け取っていただきたい。私は原告となり検事も兼ねることとした。私のこの気持ちをどうかお汲み取り願いたい」

声を出し終えると、婆須槃頭はかすかに涙を浮かべつつ、じっと瞑目《めいもく》した。

笹野は東京の自宅で久方ぶりかの一家団欒《だんらん》を楽しんでいた。

妻の節子とは結婚後十一年になる。長男勇は十歳、長女香織は七歳になる。二人の子供は笹野の仕事の不規則性、汎世界性を理解するにはまだやや幼いともいえる、しかし、久方ぶりの一家そろっての団欒がやってきた。思えば随分と団欒から遠ざかっていたものだと思う。

(節子にも勇にも香織にも随分と寂しい思いをさせたものだな)

笹野はインドに行ってからの周囲の急変に思いを馳せていた。

（あの男、婆須槃頭のことでこんなに周りが急変していくものか）

改めてあの男の破壊力というか影響力というか、そのようなものに一喜一憂させられる自分が、いかに小粒な人間であるかということに自己嫌悪さえ感じる最近だった。

（しかし、まだまだあの男には振り回されることになりそうだな）

「パパ、どうしたの。考え込んだりしちゃって」長男の勇が覗き込むようにして笹野に尋ねた。

笹野は苦笑してグラスに口を付けた。

その時だ、笹野の携帯が不快な呼び出し音を発し始めた。いつものパターンならここで新聞社なり放送局なりへの集まりを知らせるところだ。しかし、どちらでもなかった。携帯を耳に当てると聞きなれた声がし始めた。

「笹野か、俺だ、宇田川だ。今いいか？」

「いいですよ」

「えらいことになってるぞ、あの婆須槃頭が今、日本に来ている。それも三人のインドの仲間を引き連れてだ。そしてどこに乗り込んだと思う。首相官邸だ。首相に直談判したらしい。えらいことを持ち出したようだ。宗教裁判の開廷だ。一神教を裁くと言い出した」

「……婆須槃頭が日本に……」

笹野はそれだけ言って黙り込んだ。なぜ、自分に知らせてくれなかったのだ。そういう悔しさがにじんできた。

「もしもし、笹野。今の情報はさる筋からだが、情報によると官邸では四人を心神喪失者扱いにして警察に引き渡そうとしているらしい。とにかく官邸に来てくれ。お前以外にも有力な手助けをしてくれる者がいたなら彼らも官邸に呼んでくれ。頼んだぞ。じゃ後で官邸で会おう。俺は今からすぐに官邸に向けて発つ」そこで電話は切れた。

啞然として笹野は携帯のボタンを切りその場で考え込んでしまった。久しぶりの一家団欒を楽しんでいる時に何でまた、という気持ちだった。妻も二人の子供も笹野をじっと見つめている。やがて気を取り直したように笹野は、

「また仕事だよ、急にかかってきた。首相官邸まで行くことになった」

と言って携帯をかけ始めた。手始めは映画関係者である。新藤監督、佐々木プロデューサー、その他日本で仕事をした映画関係者、メディア関係者の主だったものに電話連絡した。皆一様に驚いていた。

首相官邸にはすっ飛んで駆けつけると息巻く者もいた。それらの確認を終えると笹野は急ごしらえのカジュアルないでたちで車に乗り込み、発進した。スピードを控えめにして飛ばし続けた。

首相官邸に到着した。すでに何台かのパトカー、マスコミ関係の車両が到着していた。

「おおい、笹野。こっちだ」声のほうに宇田川がいた。

「例の連中はどっちにいますか」

「一応いま、警察の調べを受けている。じきに終わると思うが、俺たちの出番がもうすぐだ」

「じきに援軍が来ると思いますが」

「ご苦労さん、彼らの言い分を聞かせてやろうじゃないか」

やがて続々と旧知の連中が官邸に到着し始めた。

その中で佐々木洞海だけがひとり威勢よく息巻いていた。

「首相官邸でのひと騒動とくりゃ例の五・一五事件を思い出すが、今度の騒動はそんなもんじゃねぇ。世界を相手の騒動の発端だ。えらい話だが日本としても伸るか反るかの瀬戸際だよ」

本質を摑んでいるとしか思えない言葉だった。

笹野は集まってきた擁護派《ようごは》の連中に補足のように言葉をつないだ。

「いいですか皆さん。今、警察の事情聴取が終わろうとしています。ここに集まった我々にも聴取が回ってきそうですが、皆さんは婆須槃頭の突拍子《とっぴょうし》もない性格をよくご存じのはずです。それが今度は世界に向けての裁判開廷の発議となった。この途方もない事実は、我々の運命のリトマス試験紙です。我々は一神教の不具合をよく知っているはずです、それを正そうとする彼の今度の行動は一見、破れかぶれに見えますが、決してそうじゃない。

十分に考えられての行動です。私は彼の捨て身の行動を擁護します。日本の国運もかかっている今度の動きを決して軽んじてはいけない。皆さんの彼への擁護を心から期待しています」

集まった十人ほどの人間は一斉に頷き合った。

笹野は彼ら四人の考えがよくわかっていた。彼らとはインドのコルカタで会い、その考えのまともすぎるほどまともなことを理解していたのだ。けっして気がふれたのではない。突拍子もないだけである。

やがて警察官が近づいてきて聴取が始まった。皆が皆、四人をかばい始めた。

「あの四人はこの時を選んで日本に来たんだよ。それを忘れちゃ困る」

「大体首相官邸に来たというだけでこんなに大騒ぎすること自体問題だよ。これじゃぁ、一般の日本人は決して来てはいけないと言ってるようなもんじゃないか」

「私はこのたびの行動決断を支持します。日本の決断として断固、世界に訴えるべきです」

「日本人は残念ながら今まで宗教に大らかすぎました。一神教については、もっと知っておくことが多すぎますね」

「あなた方警察は、事を荒立てたくないということでしょうが、そんな事なかれ主義では立ち行かない世界情勢になっていますよ」

警察官たちは時々首をひねりながら全員の聴取を終えた。また官邸に引き返し官邸での協議に入ったようだ。

笹野と宇田川は官邸に入っていけなかった。

首相は側近の者たちに、四人に一応お帰りを願おうという指示を出した。警察に引き渡すのはさすがにまずいという判断が働いたようだ。警察もこの騒ぎを大きくするのをためらったようだ。四人を擁護の支持者が引き取り始めた。

笹野は宇田川と協議して婆須槃頭を引き取ることとした。ハマーシュタインは宇田川が引き取った。宮市蓮台は新藤由美子が受けもった。困ったのは涯鷗州だ。健康面に不安があるとみられたので、一応医師の見立てを重視しようということになり、さる大学病院へ搬送し、場合によっては笹野が引き取ることとした。

笹野の車両に婆須槃頭が乗り込んだ。さすがに助手席では狭すぎるので後部座席に座った。笹野は首相と警察に名刺を渡し、以後の連絡先を教えた。車両が発進した。しばらく気まずい沈黙が続いたが、やがて婆須槃頭が後ろから笹野に声を懸けた。

「笹野さん、ご迷惑をおかけしました。申し訳なく思っています。あなたは、私が日本に帰国したことを連絡しなかったことを怒っておられますね。しかし、ことは一刻の猶予も許さなくなったことをご承知おきください。この地上は人類の栄華で彩《いろど》られてはおりますが、その中身は空虚でうつろなのです。このため、人類は大いなる絶対者に盲目となり、行く末を見失いました。そのための行動でした。私は法廷を開く自信がある。それを人類に隈なく見さしめる自信もある。ただ一つ気になるのは闇の勢力です。あらゆる手段を使って妨害してくるでしょう。笹野さんにお願いしたいのはそれら、闇の勢力への対決の姿勢です。我々も全力を傾けますのでどうか、ご協力をお願いいたします」

「……しかし、人類が経験した、かっての宗教裁判を現出しようとしてもついてくる者はいるのかねぇ」

「笹野さん、心配ご無用。人類、特に途上国と言われる国々の人たちは、押し付けられた一神教に疑念を感じていますよ。このような法廷が存在しようとしていることに喝采を送りたいほどですから」

「君らしくない楽観的な見通しだね。たとえ君に神の手助けがあったとしても、そううまく事が運ぶだろうか……」

「そううまく運ばせなければならないのです。まぁ、明日の首相の記者会見を見ていてください。首相はいい決断をすると思いますよ」

笹野はバックミラーをちらっと見やり、婆須槃頭の顔を見た。あれほどの奇態《きたい》をやった後とは到底思えない澄み切った表情をしていた。

「この男は天が遣わした神仏かもしれない。やってもらうべきだ」

笹野の車両は自宅に着いた。婆須槃頭にとっては初めて目にする笹野の自宅だった。玄関に出迎えた節子と二人の子は噂の婆須槃頭を初めて目にした。子供たちは歓声を上げて近寄り彼に触りまくった。婆須槃頭は別に嫌がりもせず子供たちの相手になった。

妻の節子が出てきて子供たちをたしなめ、婆須槃頭に頭を下げた。型通りの挨拶が終わり家の中に入っていく三人と二人の子供。

笹野は状況と経過を簡潔に妻に説明し、婆須槃頭の世話を頼んだ。面食らった様子の妻だったが、ことの重要性を察知し頼みを引き受けた。婆須槃頭はすまなさそうに節子に頭を下げた。

その夜、笹野は携帯で連絡をしまくった。婆須槃頭とも対話したがその背後に蠢く国際的な煽動体に慄然としまくりだった。

一泊ののちホテルの予約を取った婆須槃頭は笹野に感謝して朝、家を出ていった。笹野は涯鷗州のその後を聞き出したが、彼も婆須槃頭と同じホテルに入ったことを確認して安堵した。その日の新聞、スポーツ紙等は昨日の首相官邸の経緯を面白おかしく伝えていた。

やがて、定例の首相のぶら下がりインタビューが始まる。

記者の一人が質問した。

「昨日の不意の訪問者の言動について、首相はどうお考えでしょうか」

「はい。昨日の四人の来訪者には、あとで随分と考えさせられました。

国家的危機にある現状の我が日本だからこそ、出来うることもあるのではないかと思いました」

「では、彼らの提案を率直に受け入れるということでよろしいでしょうか」

「まだ閣議に諮《はか》っておりませんので、今のところは何とも……」

そこでインタビューは打ち切られた。それから二日たって首相はマスメディアを通じて驚くべきことを国民に語った。

「国民の皆さん。我が国は次のことを全世界に向けて提案いたします。
一、世界の現状に即して国際宗教裁判の開廷。
二、戦争当事国間の戦闘を一時中断して、戦争の要因の探索及び原因の解明。
三、一神教を信奉している諸国の固定観念の現状反省と、その影響の究明。
四、起訴状の全世界への開示。それへの反応聴取。
五、一神教を世界に広めた当事者の意見聴取。またそれへの責任の妥当性。
以上のことを日本とインドの合議で推進していきます。

これは期限を設定するものではなく、あくまで世界の良心と知性にゆだねて進めていくものです」

そして、起訴状は翌朝を期して全世界へ発表された。

それは次のようなものであった。やはり、婆須槃頭が起草したものだった。笹野と彼の一統は余りの急変に目がくらみそうになった。

彼らは起訴状を読みあった。

そこに書かれてあったのは、まさに歴史を凌駕して、峨々《がが》として屹立する宗教疑義の一つの到達点ともいうべきものだった。

「不朽《ふきゅう》の神々に礼《らい》し奉《たてまつ》る。創造の神々に礼《らい》し奉《たてまつ》る。私《わたくし》婆須槃頭は以下のことを銀河最高の諸霊とともに、全世界の良心に照らし合わせながら奏上する。これは、開廷される銀河宇宙の法廷に起訴状として発議される。ここに発議されうる起訴事案は次のとおり。

一、地球上の人類、およびそれに付随する生命体に創造のあかしを尋ねる際、虚偽を持って最高神一人の所業と教え込んだ当事者の罪業。

二、一神教を起こすにあたり、その風土と生活とに鑑み、已むを得ざる仕儀と認定せしに至る過程の疑義的論拠その発案。

三、一神教および国際共産主義の世界的蔓延と、その影響を人類の未来とに照らし合わせて何らかの救いがあるのなら、それらを拠出する方策を審議すること。これらの作業の如何。

四、一神教の多神教に対する不当な差別及び敵愾心。また多神教を是とする民族への不当な非文明扱い、その行為の責任性。

五、民俗的多神教を是とする民族への甚だしい侮蔑、また力ずくで一神教への改宗を図った行為の罪業。

六、一神教の多神教への優越性または文明性を知的構築を持って蔓延させた当事者の罪業。

七、一神教における大審問官思想の人類への働きかけを是とするか否とするかの審議の要請。またそれらをたくみに知性の要求とした狡猾な論理、また倫理面での罪業。

以上を起訴事実と認定し世界へ広く問うものとする」

「ふっふっふっふっ、とうとう奴が動き出したか。日本国首相まで抱き込んで」

「どうしますか、この起訴状は全世界に広まりますが」

「やらせておけ。どうせ戯言だ。本気にする国は出てきはすまい」

「しかし、もし法廷が開廷するとなれば世論も黙ってはいませんが」

「その時はこちらだって考えておくさ」

「それよりも法廷がどこになるかですが」

「どこになるかはすでに手を打ってある。俺たちの縄張りだよ。これに気づくのは世界で限られた数だ」

「我々の長年かかって築き上げた秩序を変えようたってそうはいくか、というところですかね」

「ふっふっふっ、いまの世界史の謎はほぼ永久に解けるものではない、ということを嫌というほど判らせてやるさ。なにせ、宇宙からの手助けによる謎だからな。ふっふっふっ」

世界は武漢発の新型コロナウイルスの蔓延の余波で今までの仕組みを変えようとしていた。アジアの感染罹患率や死亡者数の少なさでは欧米からアジアへの奇異な視線が注がれだした。半面、今まで一顧だにされなかった西洋の風習、習慣が見直され始めた。

西暦二〇二五年から二八年にかけて、日本の元号では令和七年から十年にかけて世界は目に見えない戦争状態に陥っていった。

ある人はもうすでに世界は第三次世界大戦に突入している、と言っていたし、サイバーや宇宙軍構想はすでに米中二大国の領分として具体的な範囲に進化していった。その狭間《はざま》で日本は巧みにバランスを取りつつ自国の言い分を世界に発信していた。

首相が提唱した国際宗教裁判の開廷もその一つだった。世界は驚倒《きょうとう》した。今の今までそのような要請はどこの国も言い出せなかったし、まして、日本のようなそのような問題とは無縁だと思われていた国による要請などとは信じがたいことだった。起訴状の世界流布がそれに輪をかけた。直ちに一神教を国是としている国々から猛烈な反論が起こった。

「趣旨は判った。しかし、裁判となると無限に近い問題が生じるが、それに対する備えはできているのか。一つの例えが裁判長は誰なんだ。法廷の場所はどこなんだ。被告はどうする」

早速、反論と疑問の嵐が起こった。首相以下日本政府、婆須槃頭はそれらを根気よく説得し同意させ始めた。

まず法廷をどこにするか。それは意外に短期に決まった。国連本部だった。安全保障理事会のあの会議場だった。会議場の設備などが法廷に移行しやすいということが、まず決定の大きな要因だった。このことがその後のいくつかの決定に結びついていった。

次の難問がテレビ中継だった。法廷の模様がテレビ中継されるということ、そのようなことが日常茶飯《さはんじ》事の国とそうでない国とに分散された。果たしてそのカテゴリーをどう解決するのか。しかしこれの解決法がすぐに見つかった。国連分担金の拠出量の両トップ、アメリカと日本のテレビ網が世界にむけて中継放送するのだ、公平に。

最大の難関は裁判長だった。裁判長を最も納得いく形で選出すること。しかし、これが最も肝要だった。誰もが国際司法裁判所所長を思い浮かべたが司法裁判所側は直ちに声明を出し、所長、判事らの介入を断った。裁判の性格が全く違うとの趣旨だった。

しかし、事務総長の要請があれば勧告的意見を出すにやぶさかでないことを付け加えた。

その時、国連事務総長が全世界へ声明を発した。

「わが国際連合としては法廷の開場だけを世界へ示すだけでは物足りない。宗教裁判の裁判長はこの裁判の原告兼検事の婆須槃頭君にその任命をやっていただきたいと考えている。このことは全人類のみならず、銀河宇宙全体の願いであり、今までやれずにいた本裁判への切なる急務と考える」

この事務総長の切実なメッセージを受け、婆須槃頭は回答した。

「国連事務総長の真摯《しんし》な願いに感銘を受けました。私はこの裁判が地球全体のみならず宇宙的規模で行われんことを希望します。地球の創世、人類の創世にもかかわってくる大問題ですのでここは、銀河全体の意思を代表するお方の出番を期待しますし、是非ともそのお方に裁判長のお役をお願いいたしたいと思っています」

この一言に全世界が電流に打たれたように、威儀《いぎ》を正し始めた。そして、皆が皆、固唾を呑んで上空を見あげ始めた。

しかし、奇跡は急には起こらなかった。そのうち、人類はいまだかって視たことのない光景を目撃し始める。

地球の夜と分別される部分に、大量の流星や火球と思しきものが頻繁《ひんぱん》に目撃され始めたのだ、その頻度《ひんど》が半端ではなかった。この夜空の空前の宇宙ショーに何故かの疑問が、たちまちにして人類を覆った。それに答えるかのように天体観測の専門家達が一致共同で声明を発した。

「我々のこれまでの天体観測の知識による予知、規模ともに前例を覆すものであります。これは宇宙空間に大量に存在する人工衛星の落下などでは決してない。何か途方もなく遠い銀河空間からのメッセージと受け取った方が賢明かと思われます」

そうこうするうち、世界中の天体観測所に解読不明のノイズが頻繁に届き始めた。言語のようでもあり、音楽性を伴ったものも散見される。宇宙考古学の専門家が解読に駆けずり回った。そしてダメを押すかのような事案が起こった。事態は急変した。

ニューヨーク上空に突然低層雲《ていそううん》が発生し全市を覆い尽くした。その雲の切れ間から稲光と雷鳴がし始める。まだ五月で暴風雨などは来はしないはずなのにである。

一閃の閃光《せんこう》がひらめき、市民は雲の切れ間から見たことのない物体を目撃した。巨大な飛行物体が上空に止まっていたのだ。いつの間にか低層雲は解消して、日差しが戻っていた。

母船と思われるその巨大飛行物体から無数の飛行体が飛び立ち、国連本部前に着陸した。中から現れたのは地球人と変わらない姿の知的生命体だった。全部で二十名近くいる。

国連事務総長とアメリカ合衆国大統領が一番年かさと思われる知的生命体に近づき握手を求めた。握手を終えたその知的生命体はアジア人の老人のような風貌だった。彼が二人に話しかけた言葉は英語だったが、どの言語でも構わないと付け加えた。次に婆須槃頭が近づいた。報道陣が一斉に動く。彼が年かさの知的生命体に話しかけたのは日本語だった。

「遠路はるばるとご苦労様です。このたび私が発動いたしましたこの裁判。公正な裁判長をお願いできましょうか。私は多神教世界を代表して原告となり、検事も兼ね、一神教世界との法廷の争いを担当いたします」

年かさの知的生命体は微笑んで日本語で答えた。

「インドと日本ではご活躍だったね、マルト君。君の生まれた時から知っているよ。今度は裁判かね。地球の時間など我々から見たら一瞬に過ぎない。ここ地球で地球の創世、人類の創世に関わって来た輩を連れてきたが、彼らなんか太陽系などありふれた星系などと言っている。銀河宇宙全体から見れば太陽系など点、点にすぎんのだよ。その、点にすぎん太陽系の地球でこの突拍子もない裁判を引き起こした。その勇や良しとしよう。このたびは、わしの能力にかけてやらせてもらうよ」

「ありがとうございます。感謝いたします。どうぞ中へお入りください。ここの職員をできるだけご紹介させていただきます」

「それには及ばないよ。ここの連中はすべて見知っている。君の起訴状から何から何まで知っているよ。早速裁判に入ろう」

法廷に急きょ改造された安全保障理事会会議場にはすでに多数の関係者が詰めかけていた。法廷に宇宙からの訪問者が来廷した。

一斉に拍手が起きた。宇宙からの来訪者たちは苦笑交じりの反応を全身に浮かべ所定の位置の椅子に着席した。

カメラの放列が一斉にフラッシュを明滅させる。彼らが地球人以外の生命体を写し取るのは初めてだ。やがてテレビカメラが作動を開始し、全世界に向けての放映が始まった。

「全員、起立！」開廷を告げる声が発せられた。

「ただいまより、国際宗教裁判を開廷する。裁判長および判事は入廷してください」

ひな壇中央ドアが開けられ裁判長と判事が入場し着席しだした。中央部に裁判長として着席したのは事務総長とアメリカ大統領、婆須槃頭が応対したあの年かさの来訪者だった。その左右に五人ずつの判事が並んだ。そのいずれもが宇宙からの来訪者であった。一人一人が地球人の各人種に酷似していた。説明がなければいずれの判事も地球の各人種からの代表者で構成されたものと早合点をしただろう。だがいずれの判事も裁判長も、裁判所でお馴染みとなった、あの黒のガウンを身にまとっていなかった。銀河系の裁判の慣例に即したものだったのだろう。全員が着席を終わり、原告側、被告側の双方も準備を終えているのを確認して、裁判長が口を開いた。

「ここに、地球世界における宗教裁判の開廷を宣言する。

私は銀河系宇宙全体の法的審議を担当する銀河系司法院の総括責任者、ハイウドロム・シアニームというものである。この銀河系の中心地バルジと称される地域から参った。この太陽系は銀河系オリオン腕の片隅に位置する何の変哲もない星系ではあるが、第三惑星の地球と称されるこの星で、にわかに宗教上の裁判が実施されるを聞き及び、原告団の要請を受けて裁判長の役目を仰せつかって参った次第である。私の左右に位置して座る判事達は、いずれも銀河系宇宙で司法の職を維持している名うての実力者である。我々の目から見れば地球時間何千万年の間の事物など物の数に入らないが、わずか百年に満たない現地球人の寿命を鑑みれば急ぎ審議を始めねばならない。

本法廷は銀河系宇宙全体に流布されてある裁判形式を踏襲《とうしゅう》し、当裁判長の裁量を持って進行するものとする。一部地球の裁判形式とかぶさることがあるかもしれないが、そのことと本法廷の権威は何ら低下いたすものではないことをご承知おき願いたい。

だが一つだけ言っておきたい。この法廷はなぜ安全保障問題を扱う会議場であったのか。そこを法廷にした経過は知らされていないが、私どもの便宜を考えたのであればそれはそれで良しとしよう。しかし、これがもし、陰謀であると認定されればその時点で裁判は終結する。またこれは一審のみの裁判であり、上告、控訴は不可能であることをご承知おき願いたい。以上である」

峻厳な冒頭の挨拶が終わった。法廷のどよめきとささやきの中で裁判のスタートが切られた。

「では、原告側の訴状をお聞きしたい。原告の発言を許可します」

裁判長の指示で婆須槃頭が立ち上がった。全世界に流布したあの起訴状とは違う性格の起訴状をここで初めて衆目にさらそうとしていた。

「私こと、俳優であり一介の映画人に過ぎぬ者が何を思ってこのような空前絶後の裁判を発動させたのか。法廷、特に傍聴席の皆様には奇異に思えることでしょう。私はここに多神教世界を代表し、一神教の不義を指摘し、かかる後にそれの責任を問う意味で原告となりました。それに至った私の現在の心境から説き起こしてご説明いたしましょう。私は日本で生まれた生粋の日本人です。日本人は古来仏教を享受しその思想を神道の中に取り込んで血肉としてきました。

そののちキリスト教の介入を受けましたが、それを受け入れることはありませんでした。おおらかにそれを退けたのです。何故でしょう。

それは本質を見抜く民族性があったからです。これこそ日本人の能力でした。日本を近代に導いた三人の英傑をご存じですか。

織田信長、羽柴秀吉、徳川家康の三人です。彼らはいずれもキリスト教に不寛容でした。織田信長は一時、キリスト教に興味を示し、宣教師の勇気を褒めたたえていましたが、彼らが西洋植民地化の先兵であることを知り一気に態度を硬化しています。そのあとを引き継いだ秀吉はキリスト教を禁教にして弾圧をはじめます。最後の家康も彼の子孫である、後の将軍たちもキリスト教には決して警戒の手をゆるめませんでした。このことはアジアの布教の一珍事としてあまりキリスト教徒の耳目を引きませんでしたが、日本が世界の一等国になるに従い興味を増していきました。しかし、布教は広まりませんでした。今でも日本でのキリスト教徒は日本の全人口のわずか一パーセントです」

ここで一息つくように一杯の水を飲んだ。

「さてここからが本論です。何故日本人が本能的にキリスト教を忌み嫌ったか。その一つが日本人の素朴な質問に宣教師が答えられなかったことがあります。それは先祖のことです。自分たちの大事な先祖が死んだのちどこで何をしているか。その質問に宣教師が答えられなかったことが一つの不信感を助長しました。その癖日本古来の神社仏閣は廃棄撤去することを信者に命じたのです。これが裏目に出てしまいました。融和を旨としていた日本の宗教界に破壊という工作を命じたキリスト教に日本人は不快の念を覚えました。一神教の本質を見た日本人は以来、それに目を向けなくなったのです。

私はなぜ日本人が一神教を忌避《きひ》したのかを考えてみました。そして次の結論に至ったのです。

日本人は宗教という概念を軽く超越してみせ、自らの生活の規範にそれらの重きをなすことを潔《いさぎよ》しとしなかった。だから体質的に宗教の、特に一神教のあり方を嫌った。自らを無宗教者と規定するのは一神教へのあてつけの意味も兼ねていた。そう結論づけたのです。では日本人に宗教に代わる規範はあるのか。あります、かって新渡戸稲造《にとべいなぞう》が『武士道』という本で明らかにしたものですが、日々の生活を営む際の自然への順応性、全体への感謝の心といった日本教といってもよい無意識化の規範。それと、生活の防衛などの際に出てくる武士道という激しくも厳しい規範。この二つです。これは欧米社会の理解の範疇を超えるものです。私はここで長々と日本人論を繰り広げるつもりはない。私が原告として訴えたいのはこれまでの白人一神教世界の全世界への干渉のやり方です」

婆須槃頭はここで近世、近代における一神教世界の圧迫、圧政的な世界への関わり方をことさら強調するやり方を忌避した。

しかし、彼の口をついて出てくる言葉は、抑えきれない一神教世界への憤怒《ふんぬ》であった。

「ユダヤ人はユダヤ教という一神教を保持しこれを決して手放しませんでした。その彼らから、イエス・キリストが現れその教えはユダヤ人の反発を買いましたが瞬く間にヨーロッパ全土を駆逐《くちく》し、やがて全世界へと広まります。そしていわれなき人種差別と植民地経営への邁進化。それは有色人種の代表としての日本の台頭とそれを許さぬ勢力との闘争を必然的に招き、ここ国際連合での連合国の勝利と傲慢《ごうまん》な態度で終結を見ています。その安全保障理事会会議場が今日の裁判法廷とは。私はここに多神教徒を代表し、日本の敗戦という厳とした歴史的事実にもかかわらず白人一神教の横暴を非難したい。日本人は先の大戦で敗北しアメリカ合衆国の国土全面占領を許し、主権も七年にわたって奪われ続けました。それが白人社会へ刃向かった報いだと、日本人はいわれなき教唆《きょうさ》（自虐史観）を受け続けてきました。日本国皇室へはキリスト教への改宗を迫るような働きも見られました。しかし、いずれもその試みは失敗しています。有色人種の中で日本だけが遂にそれを成しえたのです。

しかし、その他の有色人種の国々はその大波に抗《あらが》うことができませんでした。その反発がもう一つの一神教、イスラムへの回帰です。

先に日本から全世界へ発議した起訴状を思い出してください。

全部で七項目に分かれた訴状であります。その最後に記されてあるのが、ドストエフスキー原作の『カラマーゾフの兄弟』に出てくる大審問官思想の是非を問う、という訴状であります。世界でも有数のドストエフスキー愛読を誇る国柄の日本でありますが、この大審問官思想の問いかけには、どだい、自分たちとは生活の基盤が違う異次元の問題としてほとんど何の反応も示しませんでした。しかし、キリスト教社会には深刻な問題でした。いや、それのみならず、キリスト教の植民地化の波を受けた途上国にとっても深刻さは変わりませんでした。

ドストエフスキーはこれで何を訴えかけたかったのか。それは信仰と食の問題でした。飢えからの脱却と死と隣り合わせの一神教の信仰との兼ね合いの問題、それでした。私はこれを人類永劫の問題として、ここに提議したい。何となればそれは人間の自由の問題だからです。人間の自由とは何か。それは創造主から初めから与えられているものなのか。それとも人間がこれから勝ち取るものなのか。一神教の世界ではこれは理性の存在とともに重大な命題となっております。キリストは石をパンに変えることを拒否し、神の言葉で生き抜くことを人類に勧めました。これは人類に自由を約束したものの、とてつもない重荷を背負わせたも同然なのです。このことを多神教の世界では、いらざる苦悩と揶揄し、犬が己《おのれ》のしっぽを咥えんとして堂々巡りをしている図に似ているとして笑い飛ばします。人間は自由などの副産物でその存在、生活の基盤をゆるがせにされるものではないとの確固たる信念があるからです。一体の造物主がなした創造の御手よりも、八百万《やおよろず》の神々が人間と気安く交わりながら成す、まことに下衆な行いのほうが多神教信徒にとってはまったく気がおけない、として人倫のもといをごく自然に作ってきた経緯《けいい》があるからです。

日本人の自然観、死生観、あるいは季節ごとの共同体を上げての神事、祭りごとを見ていただきたい。そこにはごく身近な神への共感、それに伴う生かされてある我が身への歓びが、ごく自然にあらわされている。八百万の神々への隠しようのない親近感です。

私は何もドストエフスキーをここでこき下ろしているのではない。

あの文豪は、ロシアの稀な風土の中で苦悩し、一神教、キリスト教を熟慮し、人類にとってまことに貴重な遺産を残してくれました。

しかし、そのことと今回の裁判は軸足《じくあし》を異にしていると思います。

私はここに世界人類へ、その可否を問いたい。七つにわかれた起訴状の項目はこれまでの一神教の人類社会へのかかわり方への異議を問うている。一神教はまたそれから枝分かれした、国家社会主義、そして国際共産主義は果たして人類の未来を有効に照らし続けることができるのか。その可否を問いたいのです。それに付随して、多神教のこれからの全人類にとっての存在価値も見定めたい。合わせてその可否を問いたいと思います。

被告側はもう、多彩な証人、参考人をご用意してあるように見受けられる。我が原告側も決してそれに負けぬ証人、参考人の出廷を予定しています。

原告の立場としては、これが地球外知的生命体あるいは知的創造者のよき裁判運営によって、我々の初期の希望の達成が図られんことを望むばかりです。

以上で原告側の論告といたします」

婆須槃頭は発言を終えると着席した。言い知れぬ静寂が場内を支配した。

「原告の論告はいささか型破りだったが終了とします。これより、原告の被告側への尋問を許可します。検事は立ち上がってください」

検事はまだ五十代のインド人で仏教徒だった。強面《こわもて》という形容がぴったりの男でやおら被告側へ向き直った。

「わが地球の創世は人類にとって未知の領域であります。これを問いたくても現生人類では推論の域を出ない。しかし、裁判員と共に地球に来られた地球創世の当事者がここに、被告席に座っておられる。彼らを証人として尋問いたしたいが、裁判長いかがでしょうか」

「許可いたします」

証言台に進んだのは地球創世の元締めとでもいうべき知的生命体だった。何千年ぶりかに地球に戻ってきていきなりの証言台である。

　インド人検事は、彼に向かい、いささかの気後れも感じさせることなく、尋問を開始した。

「まず、お聞きしたい。あなたがこの地球という天体をかくも生命の宿る天体とされたのはいかなる考えに基づいているのでしょうか」

「お答えしましょう。この銀河系オリオン腕に位置する太陽系星系では生命の維持を図るに足る惑星はごく限られていました。その中で最も生命の発生、維持に適しているとされたのが第三惑星、地球でした。私たちはこの地球に手を加え、たっぷりと時間をかけて生命の惑星にしようと取り掛かりました。それは私たち故郷の星系を、お手本としたものでもあります」

「なるほど、あなたの故郷の天体に近づけるための作業だったわけですね。ではどうしてあの月のような巨大な衛星を地球につけたのでしょうか。あなたの故郷には事例がありましたか」

「ありません。月のような巨大な衛星は人工的な創造物でして、絶えず地球を監視巡回するために置かれたものです。皆既日食も月の満ち欠けもすべて我々の意図したものでした。アメリカのＮＡＳＡが月開拓を途中で中断したのもこのことに気づいたからです。我々としてもその方がありがたかった」

あっけなく暴露された月の謎に法廷はどよめいた。

検事は地球創世を飛ばし、人類発生について質問する。

「ではこの地球にいつごろから人類が発生したのでしょうか。地球の科学者では見解が分かれて判然としない。あなた方人類創世の元締めとしてお伺いしたい」

「裁判長、ただ今の質問はこの裁判の重要な審議には該当しないものと考えます。意義を申し立てたい」

被告一神教側の弁護人が異議を挟んだ。

「異議を却下します。検事は質問を続けるように」

裁判長は審議を促した。検事は再び質問した。

「人類はいかにして地上に現れたか。これは宗教発生にも関係があるのでぜひお答え願いたい」

「答えましょう。地上のすべての人類は、我々に似せて造られたものです。決して猿から進化したものではない。出来上がった当初から純然たる人間だったのです。しかも、アダムとイブは幼い赤子からだった。私たちはこの幼い我が子たちを慈しみました。当たり前に親が子を慈しむように。聖書にも世界中の伝説、神話に記載されてある通りに。

それどころか、地球上のほとんどのあらゆる生物も我々が造ったのです。そして慈しみ育てていきました。すべてがＤＮＡ操作によるものでした。そして成長した人間がそれらを慈しみ、名前を付けて行くのを楽しみにしていました。旧約聖書の記述のとおりです。それ以外の人種も世界各地に創造していきました。決してアダムとイブのみが人間の始まりだったのではない。それら人類を我々は分け隔てなく慈しんでいきました。地球時間で数万年前の昔のことです」

人類の発生とそのクリエイター達の愛情の注ぎ方に、法廷の人類たちは文句なしに感銘を受けているようだった。

しかし、証言台の次の一言がみんなの心を凍らせた。

「これら人類は、すべて実験材料でした」

「実験材料？　ではどうして人類たちが実験材料なのですか。どうして実験を始めたのですか。その意図は？」

「反応を確かめたかったからです」

「反応とは？」

「空からやってきた我々を、その科学力を、創造した彼らがどう受け止めどう表現したかです。このプロジェクトの当初の目的は残念ながらここにありました。これに反対する勢力も存在しました。しかし、彼らの進言は残念ながら受け入れられませんでした。プロジェクトの意図は粛々として実行されたのです」

「結果はどうでしたか」

「思った通りでした。彼らは我々を神として崇め始めました」
「つまりは宗教なり信仰が始まったわけですね」
「そうです。複数の我々を神だと思い始めたのです」

「ふっふっふっふっ。多神教が優勢を決め込んだようだな。しかし、楽観するのはまだ早い。あの人類創造プロジェクトの陰の意図を実行されてからの人類は、まるで無限の地獄に落ち込んでいくがごとしだ。所詮はクリエイター達の実験材料に過ぎんのだからな。我々、クリエイター達と契約を交わした者のみが知る宇宙の法則。それを打ち破ろうとしても無駄なあがきというものだ。ふっふっふっふっ」

つまりは地上に発生した最初の宗教は多神教だった。民俗信仰、アニミズム（精霊信仰）などの初期の信仰形態は多神教だったのだ。

では、ユダヤ人をはじめとする一神教はどうして起こったのか。それについての証言台の来訪者はこう答える。

「私としては多神教のままではまずいと思いました。人類の知的向上を図るには理性を伸ばさなければならない。それには創造者は絶対者として一人でなければならない。なんとなればアニミズムでは創造の原点がぼかされてしまうし、我々の放縦も問題となってくる」

「その考えに反対する勢力は存在しましたか？」

「ありました。彼らを仮に反主流派といたしましょう。彼らは人類の未来を穏やかなものにしたかったのでしょう。一神教を諸刃《もろは》の剣として、人類の未来を危ぶんでいました。しかし、我々は一神教を推し進めました。彼ら人類は将来必ず宇宙に進出していく。そこでは必ず絶対的な存在を信じやすくなっていく。そう見越していたからです。

　多神教ではこうはいかないでしょう。私たちは創造した人種、民族の中から的確なものを探しました。そして見つけたのがヘブライ人達でした。その中でアブラハムに私たちは注目し、彼の私達への信仰の強さを試しました。有名な、息子イサクを生贄《いけにえ》にせよと命じた事案です。彼の指導者としての善政がヘブライ人（ユダヤ人）の一神教への強固な信仰の基礎を作り上げました。その後、事態変転も数多くありましたがユダヤの一神教への信仰は揺るぎませんでした。我々もいつしか彼らからヤハウェと呼ばれていました。その後私達はエジプトで奴隷として働かされているユダヤ人達を見ました。その中からモーゼを選び、彼に我々はコンタクトを取り続け、数々の奇跡を我々の科学力でバックアップさせていきました。最大の奇跡が、ユダヤ人のエジプトからのエクソダス（エジプト出国）の際に見られた紅海の海が割れるところです。あれは我々の強力な科学力が背後で働かなければできないことでした。その後、シナイ山で十戒を授け一神教の徹底を図りました。それ以後のユダヤの歴史は御存じのとおりです。旧約聖書に記されてあります」

一神教側の強烈な援軍に被告側は色めき立った。これまで謎とされていた古代人類の成り行きに有力な解釈が提出されたからだ。

「その後のユダヤ人の歴史とおっしゃいましたが、調べてみると随分と他民族にひどいことをしていますね。例えば、乳と蜜の流れる地、カナンを手に入れた時、先住民を容赦なく虐殺して殲滅しています。その後ソロモン王の治世で最盛期を迎えますが、その前後でも多神教徒を情け容赦なく弾圧し放逐している。このことについて何か述べたいことはありますか」

検事のこの追及に証言台の来訪者は苦笑いを浮かべこう言った。

「そのことを言われるのなら地上のすべての人種、民族の歴史を調べてみてください。彼らの勃興期には必ずといってよいほど多民族との摩擦が付きまといます。この地上は、それらを避けるにはあまりに狭いのです。私たちがこの地球世界を作り上げた時、常にそのことが頭にありました。我々の星でもそのことは起こった。創造の神はそのことを一時の辛抱でこらえよとのみおっしゃった。我々も忍耐でそれらを乗り越えさせられた。それらを全銀河宇宙の定めというべきもの、といえば逃げ口上になるでしょうか。いかがでしょう」

この奇怪な論理で組み立てられた陳述に検事は黙りこくった。

「検事はもう質問事項は無いのですか。質問を終わってよいのですか」

裁判長の言葉に検事は口を開いた。

「私から最後に二つほど質問いたします。証人が先ほど述べられた反主流派のことです。彼らはその後活動は停止したのでしょうか。それとも密かに活動を続けたのでしょうか。お聞きします。また一つ、この地上に人類として生まれ落ちた者は死後どうなったのでしょうか。人類全体の大きな問題、生きる意味と、死後のこと。このことにからみつつ、二つについて、クリエイターとしての見解をお聞きしたい」

二つ目の質問はインドの仏教徒として、輪廻転生の死生観を抜きにしてはできない質問だった。クリエイターは答弁した。

「反主流派の連中はこの銀河宇宙の全域に存在します。彼らは知的生命体のゆくすえをとにかく安定的なものにするため一神教との確執を是としました。しかし、如何せん力が足りなかった。いまや、彼らはあらゆる場所でお荷物と化しています。これは一神教の正統を示しているのではない。結果としてのこれが正統だと思えるからです。

日本のような自然に満ちた土地柄では自然に八百万《やおよろず》の神への自然信仰、多神教が始まったが、それはあくまで例外というものです。この地上の生存の厳しい土地柄では、一神教のほうが力を発揮できる、必然だということ、そのことを知ってください。二つ目の質問。生まれ落ちた人類は死後どうなったのか、でしたね。これは多神教のインドで根気よく思考された問題でした。ヒンドゥー教などでは輪廻転生の問題として知られています。しかし多神教徒ならいざ知らず、一神教徒はそれをあまり深刻に考えなかった。そうせざるを得なかったからです。至高の神の身元に近づける。その前に地獄、煉獄を巡り歩いて天国に到達する。それで十分だったのです。この銀河大宇宙にはそれらを許容して余りあるだけの次元を密にしたキャパシティがあったのです。死後の人類たちはいやでもそれを実感せざるを得なかった。そして、現世にまだ活動の余地が残っていれば、至高の神の許しを得て現世に再生できたのです。一神教に生命観、死後のあり方を問うならば、私としてはこうとしか答える外ない。それをご承知おきください。いかがでしょう」

検事は質問を終えた。あまりに格の違う証人を相手に奮闘はしたものの、検事はがっくりと脱力感を全身に感じていた。

「裁判長、原告側としてはもっと力説したいことがあります」

インド仏教徒の検事に代わり、婆須槃頭が検事として法廷に立った。彼は厳かに口を開く。

「ただいまの証言は一神教の成り立ち、および本質を端的に述べ得たものでした。しかし、私には人類をいまだ実験材料としか見ていない底意地の悪さ、傲慢さを随所に感じました。反主流派に対する主流派としてはそれでよいでしょう。しかし、考えてもみてください。人類の父、あるいは母たるあなた方は全く子離れしていない成長の止まった困った存在ですね。では子供の人類はというと、これまた随分とひねくれかけています。一神教同士の角の突き合いは今に始まったことではありませんが、近代ではそれに輪をかけたように共産主義、コミュニズムも登場していつやむともしれない混迷の中に人類を叩き込み、その未来を全く危ういものにしてしまった今の状況を、いったいどうなさるおつもりでしょうか。私は一神教のすべてを否定するものではない。ある部分だけを否定する、キリスト教、イスラム教などの一神教の信仰により、人類は随分と深く物事を見通すことができるようになりました。特に、ヨーロッパの文明において顕著です。しかし、しかしです。その陰に隠れて露骨に姿を現した領土欲、権力欲、人種差別などを私は見過ごすことができません。人類の不幸はここから始まったといっていいでしょう。キリスト教の十字軍遠征はイスラム教から見れば侵略に他なりません。その逆もあったのですがこれ以上の詮索はやめましょう。私はここで一つの興味ある事案を取り上げたい。それは一人の日本人のことです」と、婆須槃頭は、アフガニスタンの中村哲氏の事案を取り上げた。

「中村氏は医師でした。アフガニスタンに日本から渡り、現地で医療活動を始めたのですがすぐに限界を感じ、灌漑《かんがい》事業を始めます。現地の人間の心のように乾ききったペシャワールの大地を、水はけのよい大地に変えようと、自分でシャベルカーを操縦しては水を引き込み、農業の実践に取り組みます。はじめはたった一人の行動だったのですがだんだん協力者は増えていき、数年で渇いた大地は、緑美しい土地へと変貌していきました。中村氏はアフガニスタンの大地に生命を吹き込んだのです。今では立派な農地になっています。その彼が現地テロリストの凶弾に倒れ亡くなりました。今から数年前のことです。地元民は嘆き悲しみその死を悼みました。とても無慈悲な結末でしたが、彼は実はクリスチャンでした。その彼がイスラム教徒ばかりの土地へ行ってこの事業をやってのけた。その彼の好きだった言葉が『一隅《いちぐう》を照らす』でした。これは仏教語です。このように日本人は宗教にこだわりを持ちません。なんとなれば宗教を超越し、宗教以上の使命感が融通性が、身についているからです。

私はこの場を借りて声を大にして呼びかけたい。世界の人たちよ。異質と感じて他者に警戒感を抱き、彼らを阻害し迫害してはならない。

世界の人びとはお互いの価値を尊重しつつ、広い目で信仰を譲りあおうではないか。決して主義主張で相手を差別してはいけない。彼の人生と苦悩と喜びに共感を示そうではないか。

それらのことを日本人の生き方から学ぼうではないか。インドの鷹揚な多神教的世界観に学ぼうではないか。

今、私が言いたいのはそれだけです。しかし、それだけではなくもっと多くの証人、参考人の出番を待ちます」

婆須槃頭の論告は終わった。場内のひとしきりのどよめきに続き、拍手が起きだし、波のように高まっていった。

「原告側検事の論告を終了とします。ここで暫時休憩いたします。再開はニューヨーク時間の午後一時とします」

裁判長の声が響き渡った。裁判長と判事達は立ち上がり控えの間に入っていった。

婆須槃頭達も控えの間に入っていった。

日本から来た支援者が数名入ってきて、口々に婆須槃頭の論告をほめそやした。

婆須槃頭は原告の代表者と密議を始めたが、被告側が誰を証人に持ってくるのかという事案の対応で、如何にするのか、それのみの話し合いだった。被告側の証人は誰なのか、まるで見当がつかないし、とんでもない展開も十分予想された。

テレビ中継を行っていたアメリカの放送局がコメンテイターとの掛け合いを流しだした。

「どうでしたか。このような実況中継は前代未聞と思われますが」

中継のアナウンサーに尋ねられたコメンテイターのジェフリー・ノックスが答えた。

「全く、中世に戻ったような裁判ですね。ただ裁判長、判事が地球外知的生命体というのが空前絶後といいますか、彼らがどう裁判を取り仕切っていくのか、興味のあるところです」

「ジェフ、我々クリスチャンとしましては、原告の多神教徒が何故、このような裁判を引き起こしたかですが、それについてどう思われますか」

アナウンサーが気安く通称で呼びかけた。アメリカ人らしい対応といえる。

「私が一番気がかりなのは、あの婆須槃頭という男です。彼の尋常でない能力によってこの裁判が引き起こされた、その一点だけでも特筆すべきと思います。これから証人、参考人の出番になっていくでしょうがどのような人物が出てくるのか大いに気を引かされるところです」

「なるほど、我々としましても大いに仕事のやりがいがあるということでしょうね」


法廷が再開された。裁判長の指示により被告側の弁護士が立ち上がる。

「我々が一神教の根源を明らかにするにおいて、ここに一人の証人を呼び寄せました。証人、どうぞ」証言台に向かう一人の男が現れた。

証言台に一人の若い男が座った。その男を見た検事の婆須槃頭の顔がみるみる青ざめていった。証言台の男は誰あろう、インド神話から蘇ったあのマルトの一人だった。映画の中で着込んでいたあの黄金色の甲冑、装身具、武具などをその男はやすやすと着こなしている。婆須槃頭は先を越されたと思った。被告側の出した証人がマルト神群の一人だったとは。弁護士ウバウン・ナーウィはしてやったりといった風情で証人に近づいた。

「証人は名を名乗ってください」

「はい、私はインド神話に出てまいりますマルト神群の一人です、名はマルトとだけ言っておきましょう」

「では、マルトさん、この法廷で原告及び検事を担当している一人物は誰だか御存じでしょうか」

「知っています。俳優の婆須槃頭と名乗っている男です」

「では、その男性がインド映画に出演したときのことは知っていますか」

「もちろん知っていますよ。彼は私の役をやりおうせました。映画の題名はずばり『マルト神群』でした」

「今その男性はこの裁判で多神教の立場から一神教を攻撃しています。あなたは多神教の立場からこれをどう見られますか」

「全く意味が解りません。どだい、多神教なり、一神教なりを厳格に峻別《しゅんべつ》するのがおかしい。いまやその互いの長所なりを吸収しあって変化上昇しているのに、それに水を差し、過去の罪業を暴いて責任を追及するなど度が過ぎているとしか思えません。私が証人に呼ばれた以上、そのことはぜひ言っておきたいと思います」

弁護士はちらっと原告席を見やり、満足そうな表情となった。

「では、あなたがそのように考えられるようになった経過をお聞きいたしましょう」

「多神教と言われても仕方がないインドの特にヒンドゥー教の中において、我々マルト神群と言われる複数の神々は、人間社会の多幸と無事を切望していましたが、いかんせん戦争による解決法が多発優先して歴史を動かしていきました。その責務は我々神々にもあります。

映画の世界でも我々は人間社会を慈しむように描かれていた。それは認めますが今現在の我々は、多神教と一神教の分け隔てなく大衆の平安を第一にと思っております。しかし、如何せんヨーロッパを先頭にしての近代文明は一神教を土台にしたものでした。やむを得ず、多神教の停滞を黙認し、これまでとは違ったやりかたで人類社会にアプローチしていく我々でした。今から約一千年前のことです。

私たちは仏教の新興を目撃しました。そこで、もしかするとこれが一神教への抑えの切り札かもと思いましたがそうなりませんでした。やがて仏教は日本に達し、民衆の中に取り込まれて行きました。

その頃からです、私たちの考えに変化があらわれたのは。私たちマルト神群は、キリスト教の奥深さを受け入れました。インドがイスラムのムガール朝に占拠される少し前からです。そのころから、一神教の倒しがたい力を実感しだしたのです。ユダヤの深謀遠慮があっても人類にとってその方がよいと思い始めたのです。そこにはヒンドゥー教の衰退も含まれますが、一神教の人類にとっての付加価値は計り知れないと思う今日この頃です」

「なるほど。現在のあなた方はむしろ一神教の存在に与しておられるわけですね。解りました。では、多神教としてのこの裁判を引き起こした勢力に対して何か言いたいことはあ

 りますか」

マルトは原告席の婆須槃頭を睨みつけるようにして口を開いた。

「インド映画ではご苦労様でした。おかげで私たちにもスポットライトが当たるようになりました。しかし、そのことと今度のことは関係がない。あなたの主張は多神教を武器にしていらしても、その芯はあくまでも日本ですね。どうにかして世界に日本の存在を知らしめたい、その一念からの今回の発議と見ましたが当たっておりましょうか」

婆須槃頭は相手マルトの姿態を穴が開くほどに見つめていたが、やや微笑を浮かべたようにして言った。

「私の役だった当人がここにいらしておられるとは驚きですね。この裁判はとっくに鬼籍に入っておられる方でも呼び出すことができるということの一端が証明されました。大いに利用させていただきますよ。ところであなたは、マルト神群を代表してここに臨まれたのですかな」

そういいながら婆須槃頭は立ち上がり、証言台に歩み寄った。

「マルトさん。何故あなたはおひとりなのですか。ほかのマルトさんたちはどうなさったのです。あなたは先ほど随分と私たちの主張を逆なでするようなことをおっしゃった。それはマルト神群の全体の主張なのですか。どうです?」

証言台の男はしばしうつむいた。しかしすぐに頭をもたげ、こう言い放った。

「なるほど、数の問題で来られましたか。しかし、御気遣いご無用。いかにも私ひとりで他の多くの代表を兼ねて参りました。マルト神群は皆一様に私の意見に賛成です。何なら他の神群たちをここに呼びましょうか」

「そうするとあなたは初めからそうする気がなかったということになりますね。私に言われたからそうする、では困ったことです。何故おひとりなのか、理由をもっとわかるように言っていただけませんか」

「あなたは映画の世界でマルトを演じられた。その時の数は確か二十七人でしたね。皆一様にあなたの姿でした。ということは個性が別々ではなく、皆一様に同じ個性だったということになりませんか。同じ個性が同じことを考えても何ら問題はないと思われますが」

「こんどは映画を持ち込んできましたか。たしかにあの『マルト神群』ではそういう風に描かれてありました。そういう風に描かざるを得なかったからです。しかし、現実は違っていますよ。私は何度も監督に進言しました。これではマルトはＡＩと何ら変わらない、一人の恋人を共有するのなら当然、マルト達はそれぞれが個性を輝かしているはずだと。そこには嫉妬とか優越感だとか、劣等感もあったはずだと。この現実を忘れて映画をうのみにするほど人間は愚かなのでしょうか。あなたは結局映画を隠れ蓑にして不都合から逃げようとしているだけではありませんか?」

「異議あり!」と弁護側から発言があった。

「異議を認めます。弁護側は発言するように」裁判長が認定した。

「検事のただ今の発言は自己の出演した映画を有利に解釈して証人を追い詰めているだけです。証人の数など当法廷は規定してありません。しかし、ひとりの発言を軽々しく扱うなどとは由々しき事態だと思います。検事は発言に注意していただきたい」

「それは一神教の恥部をあからさまにしないという言い逃れに過ぎないのであれば、私も発言を控えるにやぶさかではありません。ただ、実際はそうではない。裁判長はどう思われますでしょうか」と、逆に裁判長への問いかけになった。

「検事の今の発言は裁判長への裁定を促したものと受け取ってよいのかね?」

「そのとおりです。私は証言台の証人を、私への写し鏡のように演出する被告側に底意を感じます。これをどう受け止めておられるか、裁判長の裁定を待ちます」

裁判長は左右の判事達と協議を始めた。至極短時間だった。

「裁定を下す。当法廷は検事と同じ個性を被告側が証人として提出してきたことへ注意を促すこととする。被告弁護側及び、原告側は証人の提出にもっと注意を払うように」

裁定は下った。証言台の男は渋々席を離れた。婆須槃頭はやれやれといった表情で着席した。

「原告側は証人の提出はないのでしょうか」裁判長の指示で検事の一人が立ち上がった。

「あります。我々は次の人物を証人として呼ぶこととしました」

証言台に着席したのは誰あろうひとりの中年の日本人男性だった。

「証人は名前を名乗ってください」検事が促した。

「はい、名前を言えばよろしいので？」

「そうです」

「私《わたくし》は浅原才市《さいち》と申します」

満場はどよめいた。全くあずかり知らぬ日本人だった。

それを察知してか、検事が婆須槃頭に交代し、証人の紹介に移った。

「傍聴席の皆様、およびテレビ中継を見ておられる全世界の皆様。ここ証言台に座っておられます日本人男性は、あの禅の世界的教導、鈴木大拙博士のその最高の著作『日本的霊性』でくわしく描出なされた妙好人のおひとり、浅原才市さんであります。妙好人、とは何か。これは日本人の宗教的実践の一つの到達点といってよいでしょう。

証言台に座っておられる才市さんはまだ日本が明治時代といっていた、その四十歳ごろのお姿です。八十三歳で他界なさってすでに百年近い年月が経っていますが、本日はその壮年期のお姿で法廷に臨まれました。私たち原告団は多神教の有力な切り札、日本人のひとつの典型として証言台にお招きしました」

傍聴席のざわめきが大きくなってきた。この小柄な日本人中年男性が果たしてどんな証言をするのか、期待とも興味ともつかない感情が渦巻き始めた。

検事、婆須槃頭は席を立つとゆったりとした足取りで証言台に近寄った。

「浅原才市さん、よく現世へおいでくださいました。折角宇宙の、特に西方浄土にて自由闊達なご生活をなさっておられたのに、ここ米国のニューヨークまでご足労おかけいたしましたことを、謹んでお詫びいたします」婆須槃頭は才市に向かって深く頭を下げた。

「私《わたくし》は地球の一神教の蔓延したこの時局を深く憂慮し、その副産物としての現世の不幸を少しでも無くさんが為、銀河宇宙全般の指導を仰がんとしてこの裁判を起こした当事者の婆須槃頭というものです」ここまで婆須槃頭は、法廷内の地球外知的生命体、世界でテレビを見守っている人類全般を意識しながら、持ち前のよく通る美声で一気に語り終えた。

「検事さん、私《わたくし》才市はただ念仏三昧にてこの世を生きてきただけの男、それだけの男に何を聞かれようとなさるのです」

「とても大事なことです、才市さん。才市さん、あなたは妙好人の中の妙好人と呼ばれておられる。妙好人がどういうものかここで世界に知らしめるつもりであなたをお呼びした。そのことがこのたびの私の一神教提訴とどう結びつくのか。説明いたしましょう。阿弥陀信仰が鎌倉時代に始まったのは周知の事実です。比叡山の法然上人の阿弥陀仏への念仏を通じての万民救済願望を、親鸞上人が発展させて浄土信仰を大成させたといわれている。その念仏、南無阿弥陀仏を終生肌身離さず自己の生活のすべてに取り込まれたあなたを私共は尊崇の気持ちで眺めております。

多神教とみられている日本仏教および日本神道、その中にあって浄土信仰はどこか一神教の影を感じさせます。それもそのはず、仏教が大陸にあった時、景教と呼ばれていたキリスト教ネストリウス派の影響を受けたのが浄土信仰の始まりでした。私はここに多神教と一神教の垣根を超えた融合を見ます。一神教、特にキリスト教も最高神エホヴァのみならず、ミカエル、ガブリエル、ラファエルなどの天使、その他の聖者を好んで信仰する多神教的な一面もあることから、両者の接近を感じるのです。私は一神教のすべてを否定するものではない、といったのはここなのです。才市さん、あなたは阿弥陀信仰を、多くの口あいと称するかきつけ文として三十代から残されてきた。その数およそ七千首。その一つ一つが無垢な阿弥陀如来への全託の気持ちでした。ここにあなたの読まれた代表的な口あいを数首、紹介させていただきます。

歓喜の御縁にあうときは。
ときも、ところも、言わずにおいて
わしも歓喜で。あなたもかんき。
これがたのしみ、なむあみだぶつ。

ありがたや。
死んで参る　浄土じゃないよ
生きてまいる　お浄土さまよ
なむあみだぶつにつれられて
ごおんうれしや　なむあみだぶつ

わしのこころは、あなたのこころ、
あなたのこころが、わたしのこころ。
わしになるのが、あなたのこころ。

目が変わる　世が変わる
ここが極楽にかわる
うれしや　なむあみだぶつ

死ぬるは
浮世のきまりなり
死なぬは

浄土のきまりなり
これが楽しみ
なむあみだぶつ
世界をおがむ
なむあみだぶつ
世界がほとけ
なむあみだぶつ

これらの口あいは初めはカンナくずなどに書かれてあったものですが、後にノートに書き留められていきます。この一心不乱の阿弥陀仏への帰依はあなたと他者との同化を図り、自利利他の実行を鮮明にしています。あなたは多神教の世界で見事に一神教の清華を手にされました。そして妙好人としてのご生涯を終えられました。あなたの座像が島根県の石見《いわ み》に建てられてありますが、その頭部にはなんと二本の角が生えている。それはあなたが、わしが仏さんを拝むのは、このとおり全くの鬼だ、ということを見てもらおう、との考えだったと伺っています。私はこのことに、宮沢賢治の詩、『春と修羅』に出てくる、唾《つばき》し歯ぎしり行き来する、俺は一人の修羅なのだ、というあのフレーズを思い出します。最も博愛の気性に満ちた人がおのれを鬼だ、修羅だ、と卑下する、そのことに私は言い知れぬ感動を覚えるのです。そこでここであなたにお聞きしたい。あなたは阿弥陀如来をどのように思っておられますか」

「どのように思っているもいないも、私《わたくし》が生まれた時からの大切なお方。私《わたくし》の両親をもこの世にお出しくださった尊いお方。すべての人たちにとっても尊いお方だと信じています」

「解りました。では、それからのあなたの生き方はどうなされたのですか」

「私《わたくし》は手に職を持つ男でしたから大工、船大工、下駄職人などをやり、当たり前に妻も娶り、お寺参りを欠かしませんでした」

「なるほど、ごくごく目立たない一市民としての生活だったようですね。ところであなたが妙好人の中の妙好人と呼ばれるようになったのは、何か理由がありますか」

「それが全く分かりません。私《わたくし》はこの世には絶対のまことの心が自分に働きかけ、そして自分を覆い包んでくださるという感動から、知らず知らずに南無阿弥陀仏と口からあふれるようになったのだ、と素直に喜び、それを紙に書きつけていくだけのことをしたまでです。そのことが何か特別のこととでもおっしゃりたいのでしょうか」

「いえいえ、あくまでも、どこまでも無垢一筋な生き方。尊崇という言葉しか見つかりません。あなたは念仏三昧によって自己と他者とのわだかまり、境界を見事に取り除かれ、自利利他の行いを実践されました。そのことに我々日本人は誇りを感じています。あなたが参られた西方浄土。日本人だけでなく世界中の、絶対のまことの心を信じる人々が何れ行くことになるでしょう。そうでなくてはこの世に生まれてきた甲斐がありません」

「私《わたくし》、浅原才市はここがどこかも知りません。何が行われているのかもわかりません。しかし、南無阿弥陀仏の帰依だけはここの人たちも、肌の色とか、言葉の違いを乗り越えて行ってほしいものだと思います。そのことをお伝えしたくて参りました」

「才市さん、今日のお出まし、まことにありがとうございました」

法廷の傍聴席の人間たちは才市の残した口あいをもう一度それぞれの言葉に訳して反芻、噛みしめているようだった。


裁判は佳境に入ってきた。

原告、被告の双方からの証人出廷はその奇抜な人選で人気を煽った。テレビ中継もそれが売りにでもなったか、裁判中継としては異例の、視聴率がうなぎのぼりとなっていった。

余りの過熱に、評論家からも苦情が飛び出してきた。

裁判が始まって約二週間ほどたったころ、裁判長が待ったをかけるという事態になり、原告、被告双方に注意が発せられた。

双方の責任者がじかに裁判長の呼び出しを食らった。

裁判長シアニームは婆須槃頭と向かい合った。日本語で会話は進んだ。

「婆須槃頭君。君に一言言っておきたい。裁判はどうも長期化していく見通しだ。これからも多くの証人、参考人が来廷すると思われるが、それらを逐一発言させていくのには膨大な時間がかかる。そこで、君に一つ提案をしたい。なに、難しいことではない。キリスト教の天使とか、聖者とか、仏教の菩薩、明王、天などが証人に選ばれた場合、君の才覚で証言を短く切り刻んでもらいたい、要点だけを残して。これは君にだけお願いするものではない。被告側、一神教側にもお願いしている。とにかく長期化するのを避けたいのだ」

「わかりました。証人、参考人の選別もできるだけ効果的な人材に絞り込むことといたしましょう。ただ、一つ裁判長にお願いがあります。じかにお答え願いたいことです」

「何だね」

「ここニューヨークの国連ビルの安全保障理事会の会議場が裁判の場所になっていますが、そのことにどうも割り切れぬ感じを持っているのです。私としては、裁判はぜひとも日本で行いたかった。裁判長が裁判の冒頭に言われた裁判所の選定がもし陰謀であったと判定されたら即、裁判は終了、との言葉。あれはどういうことでしょうか」

「この裁判の欺瞞性《ぎまんせい》が暴露された段階でその正当性を失うという意味で言った。しかしどうやらそれは当たっているようだ。何となれば、人類史の中で今も謎とされる事案が、何れも地球以外の知的生命体の関与なりで成り立っていることが証明されつつあるからだ。

私としてはそれらにかまっていては時間の浪費だ。しかし、しかしだな。裁判を進行させるにつれ私にはこの地球が、恐ろしいほどの闇の勢力に蹂躙されているのを実感している。君がその勇気と能力とで開廷に持ち込んだ今度の裁判、イルミナティや、フリーメイソンなどからの妨害がますます形を現してきた。私としてはこの裁判の最終判定をせねばならぬ立場から、君にはあまり多くを話したくはないのだが、判決は君の期待するものとは少し意味合いを異にするだろう。それを君は持ち前の知力で受け止めてほしい」

「……解りました。私はあなたが如何《いか》なる判決を下そうと異議を唱えることはしないでしょう。ただ一つだけ言っておきたいことがあります。

判決が先ほどの闇の勢力の影響下に屈して下されたと判定した場合、我々原告団は彼らに対して恒久的な論戦を挑んでいくつもりです。これは現代世界の政治、立国の立場を考えずに行われていく闘争となっていくでしょう。もはや、裁判の範疇を超えての形となっていくかもしれない。それをお含みおきください」

「……そこまで君が腹を決めているのなら、私としても腹を据えてかからねばなるまいな」

「何分にも、私にとっては初めての巨大裁判。もしこの裁判で論告が不適当と判定、もしくは判決された場合、人類の精神的後退は否めないと思われます。しっかりやっていくつもりですよ」

「君に限らず、地球人類のこれまでの歩みを、いやでも総括することとなるだろうな」

裁判は原告、被告の総力を挙げての壮烈なものとなっていった。中継する日米のテレビネットワークは、これまた未知の中継を経験することとなり、まさしく経験したことのない事態を迎えつつあった。

法廷に登場する証人、参考人に世界の視聴者は目をくぎ付けにされた。そこには確かにずっと過去にその生涯を終えたとみられる人物が生きた状態で登場し、弁護人、検事の質問によどみなく、あるいは言いよどんで答えるのである、まさに空前の歴史ショーの有り様を呈していった。

「あっ、あの人は○○だ。ああ、あの人があんなことを言っている」

「あの人がそんなことを言うはずがない。これはインチキだ」

などと世界の視聴者は口々にわめき始めた。歴史の外に消えていった人物が法廷に現れ、口々に言葉を発する。それを見聞きしている現代の地球人たちはまるで魔術か、神業でも見せつけられているような心理となっていった。視聴率は跳ね上がり、全世界一律のテレビ中継は、空前の関心事となっていった。

裁判は果たして長期化していった。

裁判長がついに過熱していった証人喚問に注意を促し始めた。

「この裁判を初期の地球宗教裁判の目的に戻すことを進言する。原告、被告とも初期の目的に戻られるよう、裁判の無期限休廷を宣言する」

ついに休廷となったのだ。婆須槃頭は原告としてこれを受け入れた。被告側も受け入れた。


婆須槃頭と佐々木洞海は日本に帰ってきていた。ニューヨークの裁判は膠着状態となって裁判長は無期限の休廷を宣言したばかりだった。

二人は東京でのひと時の安らぎもそこそこに、次に開廷する裁判までの打ち合わせに奔走していた。

ある日の夜のことである。二人は上野恩賜《おんし》公園の中を歩いていた。

「佐々木さん。この裁判、ゆくすえがどうなるのか、私にはようやく見えてきました。結局銀河宇宙の意思がどうあろうと、地球人類の本性は変わらないということでしょう」

「婆須槃頭さん。えらく気弱なことをいわれますなぁ。あなたが中心となって起こされたこの大裁判。地球の危機を救うという当初の目的はどうなさったのです」

「この地球の歴史には不可解で解決のできない謎があまりにも多すぎます。それら一つ一つを地球以外の知性で暴こうとしても、結局謎は謎としてほうっておくのが一番よろしいのでは、と考えることが多くなりました。いや、これは決して敗北の意味で言っているのではない。そう結論付けるのが一番の解決法ではないのか、と考えたわけです」

「……なるほど。ですがあなたの勇気と卓絶した能力を信じ共感して集まってきた世界中の民衆の期待はどうなさるんです。ここにきてあれはだめだった、これはだめだったと釈明なさるのはいささか手遅れの気もしますが」

「……さぁ、そこなんですがねぇ。また開かれる裁判で私は別の手立てを披露して見せますよ」

そう言って歩く二人の後ろを五人の男の人影が徐々に距離を詰めてきた。まだ若い先頭の男は手に棍棒らしきものを隠し持っている。

残りの四人の男が合図をその男に送った。若い男は棍棒を取り出し歩を早めると婆須槃頭に殴り掛かった。長身の頭部分を標的にしていたため男は随分と背を伸ばし、ひょいと飛び上がるような動きとなり、気づかれる隙《すき》を与えてしまった。婆須槃頭は振り向くと男の棍棒をかわし棍棒をむんずとつかみ取ると若い男の後頭部と右手首の付け根をしたたかにうち据えた。「ぐぇっ」と声を残し男は倒れこんだ。残りの四人はそれぞれに二組の匕首《あいくち》と拳銃を抜き出し、洞海と婆須槃頭に襲い掛かった。洞海はやくざ時代に何度もこのような修羅場を経験していたので待ってましたとばかり、引き金の作動のいとまを与えず拳銃をもぎ取るや顎にしたたかなフックをかませると、匕首をかざして突進してきた男の金的に蹴りを入れた。

婆須槃頭は襲いかかって来た二人の攻撃の優先順位を瞬時に本能的に察知した。棍棒を拳銃の男にむけるや、すかさず拳銃をはたき落とし、足で遠くに蹴り出した。棍棒で男のみぞおちを突き上げる。男は倒れこむ。結局、拳銃は一発の発射もされずに終わった。匕首の男は戦意を喪失してしまい、逃げの体勢に移った。

「逃がすか」

婆須槃頭が叫ぶと巨体が匕首男にかぶさった。男は武器を奪われると利き手をねじ上げられ片手万歳になった。拳銃男も利き手をねじ上げられ、二人して片手を宙高く差し上げられる形になった。

だが、婆須槃頭は二人をそうしてはおかなかった。

「りゃっ」

二人は仰向けに倒された。合気道の基本技「天地投げ」だった。二人は後頭部を地面にしたたかに打ち付け、呻いた。

「やぁ。婆須槃頭さん。あなたのステゴロ振りも見事なもんですなぁ」

「こいつらの依頼人を白状させせましょう」

グループのリーダーと思われる男、拳銃を持っていた男二人を尋問した。それぞれから奪った拳銃を突き付け自白させようとしたが、意味不明のことばかり喋ってはぐらかす有り様が続き、単なる物取りに見せかける様子がみてとれた。二人はあきらめた。

「どうやら背後は不明のようですね。しかし、これが単なる脅しなのか、それとも様子見なのか。そのどっちでもないのか。いずれにせよ、我々を疎ましく思ってる奴がいることは間違いない。こいつらを一応は逃がしますか。また気を付けましょう」

「全く、こいつらが誰の差し金かわからないときたか。私は婆須槃頭さんの意見に従いますよ。またニューヨークに行く時までに何とか奴らのしっぽをつかみましょう」

二人は武器を取り上げたまま、五人を解放した。

婆須槃頭はしばし佇んでいたがやがて、

「洞海さん、今の件で一つ吹っ切れましたよ。裁判が再開されたら明らかにしますから」

笑みを浮かべて言い放った。


またニューヨークでの裁判が再開された。

婆須槃頭は被告側の証人を注視した。証言台に座ったのはあの宮市蓮台だった。婆須槃頭の表情がにわかに険しくなった。

被告側の弁護人が証言台に近づいた。

「証人は名前をおっしゃってください。本名ではなく世界に流布なさっておられるほうです」

「……はい。宮市蓮台と申します」

「では、宮市蓮台さん、あなたは日本人でありながらインドの映画女優として世界にその名を知られました。私たちはあなたを一神教の証人としてお呼びだていたしました。その理由を述べましょう。あなたは原告の婆須槃頭氏と同じころインドベンガル州のコルカタで映画の活動を始められましたね。そのころのお二人は大変な勢いでコルカタの撮影所の人気を一身に集めておられました。その時、あなたは原告の婆須槃頭氏から駆け引きを持ちかけられたのではないのですか」

「駆け引き、とはどういうことでしょうか」

「少し言葉が過ぎましたが、要するに彼から映画出演の代償として、自分のことは一切明かさないでという約束です。それ以後、あなたは婆須槃頭氏についてはほとんど何も語っていない。二人に暗黙の駆け引きがあったのではないのですか」

宮市蓮台の表情に無言のいら立ちが見られはじめた。

日本のテレビジョンクルーがそれを克明に撮影し、日本の視聴者も送られてきた映像に見とれだした。アナウンサーが説明を始めた。

「今、証言台の女優宮市蓮台は発言を押しとどめております。どうしたことでしょう。ゲストにお迎えしています尽条彰さん。彼女はやはり図星をさされたので無言なのでしょうか。どうぞご発言を」

アナウンサーに発言をせかされたのは婆須槃頭のアメリカでの学友でインドでも共に活

動したことのある尽条彰だった。鬢《びん》に白いものも混じるその男はおもむろに口を開いた。

「蓮台は原告側に駈け寄りたい気持ちでいっぱいなのですよ。彼女の婆須槃頭に対する情愛は映画『マルト神群』で見せたあのローダシーそのものなのですから」尽条はややうるんだ目をしばたいて口を挟んだ。笹野は尽条に会うのは初めてだったが、この個性に好感を持った。

笹野もゲストとしてテレビ中継に招かれていたが、質問はもっぱら尽条に集中した。尽条と婆須槃頭のアメリカ時代に興味が集まっているのだろう。ようやく宮市蓮台が口を開いた。

「駆け引きとは何ということを……私には何の利益もあってはならないことです。たとえ百歩譲って私が有名女優になりたいためそうしたとしたら、彼はどう思いますでしょうか。おそらく蔑んだ目で私を見ることでしょう。そのようなうがった見方は最低の見方です」

「しかし、世界中のジャーナリストはそのように考えていますよ。いかがです」

「芸能ジャーナルはいつもおかしく事実を捻じ曲げるものです。ただおかしくさえあればいいのですから」

「ではどうして、その婆須槃頭氏があなたを原告側証人として招かなかったのでしょう。私ども被告側はあなたに是非、原告代表の真の姿を語っていただきたいのです」

「真の姿と言われましても……」彼女は口籠った。

「蓮台さん、あの原告の男性、婆須槃頭氏は本名を明かしません。それが彼の法廷手段だからです。私どもは皆こうして本名のままで戦っている。不公平だとは思われませんか。あなたはこうして被告側の証人としてここに立たれた。彼の実態を知っていると信じたからです。どうか教えてほしい。彼の本名を。その他の情報を」

「その様なことは人に打ち明けるものではないと思います。わたしを被告側証人としてここに立たせたのなら、もっと発言してほしいことがあるのでしょうに。それなら私の意見もよどみなく出てまいります」

「いいでしょう。ではお尋ねいたしますが、あなたはなぜ宮市晴子という名を捨てて蓮台を名乗られたのですか。それは多神教の教義から来たものだと言えるのでしょうか」

「私はインドに仏教を再興しようとなさっておられる尊師から蓮台の名を頂きました。それ以後、宮市蓮台を通しています」

「ではお聞きします。あなたはあの原告の男性、婆須槃頭氏が掲げられております一神教の罪業とやらをどう思われますか」

「一神教がこれまで頑なに維持してきた他の教えへの押さえつけは、見苦しいものだと思います。もっと融和的《ゆうわてき》にできないものかと思います」

「ではそれは逆に言えば多神教徒も一神教の教義を融和的に見るべきとの言い方になりませんか。そういった見苦しさはいくらも事例がありますよ。ここで一つ一つ上げていってもいいですが」

　ここで蓮台は言葉を返さなかった。

「いかがです、蓮台さん。彼ら原告側は大きな過ちを犯しているようには見えませんか。このたびの裁判はここがキーポイントなのです。よく考えてみてください」

　蓮台の両目からみるみる涙があふれこぼれだした。慌ててハンカチを取り出し拭き始めたが、ややぎこちないその動きも、女優という素地を疑わせるまでには至らなかった。

「なぜ泣くのですか、蓮台さん。いけませんね。あなたは一神教側の証人なのですよ。原告側をやり込めることはできないのでしょうか」

「私は原告側の気持ちがよく解ります。私にはとても彼らを指弾する気にはなれません。何故ならあの人たちとは映画の世界でその主張を演じ合った仲なのですから」

「いいことをお聞きしました。ではお聞きします。あなたが映画の世界で原告の主張を聞いたという相手は誰なのですか？」

「それはとても言えません。何故言わなければならないのでしょう」

「あなたの証人としての義務だからです。その相手の名を言ってください。できるはずです」

　蓮台は原告側の婆須槃頭に視線を集中した。婆須槃頭は蓮台の視線に軽くうなずいた。

「兵四郎さん……。あなたは何故そこに座っていらっしゃるの？　何故私は被告側なの？

おっしゃって」

法廷内が静まり返った。やがてざわざわと小声が立ちだした。

「裁判長。今証人は原告側の重要な一人に本名で呼びかけました。これはとても重要です。記録されんことを望みます」

シアニーム裁判長は頷き、記録係に指示を送った。

中継していたアメリカの放送局、日本の放送局がひとしきりコメンテイターの意見を聞きまわっていた。

「尽条さん、今、婆須槃頭の本名らしきものが被告証言台から発せられましたが、間違いありませんか。確か、ヘイシロウとか」

「彼の本名に間違いありません。アメリカ時代は気軽に呼びかけあっていましたから」

「兵四郎か。あやつの本名がやっとばれたな。蓮台を被告に持ってきた作戦が功を奏したか。これであいつもただの人間に戻ったな。めでたいことだ。これでこの裁判もやっと明かりがさしてきたな。おい、あの宇宙人の裁判長に言っておけ。原告側に有利な判決は出せないはずだとな。我らの存在が明らかになる前に地球から去ってもらおうとな」

裁判はその後原告側、被告側ともすでに物故し鬼籍に入っている人物を証人、参考人に次々に指名し席に座らせた。

それら主だった者の名を記すと、原告側はまず浅原才市、親鸞聖人、道元禅師、仙厓大師といった日本仏教界の高峰が目立った。そしてインドのヒンドゥー教を代表してヴィシュヌ神が証言台に座った。質問するインドの検事は全身から汗が噴き出した。

彼らが発した言葉を要約すると、ただひたすら感謝と安寧《あんねい》だった。これに対し被告側の証言台には聖フランチェスコ、マザーテレサ、シュバイツァー博士、ガンディーなど、直接、間接を問わずキリスト教の博愛性を訴える人物の選考が窺われた。彼らは皆一様に物故者《ぶっこしゃ》だった。彼らの一言一言に世界は驚嘆し、打ち震えた。

しかし彼らはいったん証言台を降りると、いずこかに姿を消してしまうのだ。当たり前のことだが黄泉の国から出てきた人間を、そう長時間拘束するのが無理というものだった。傍聴人の一人はこう言う。

「ありゃ、幽霊だったのさ。幽霊にしてみりゃ、意見を求められて言葉を発するくらい難事はないからね。ハムレットに出てくる亡霊の父王を見てごらん、至極むつかしそうだったじゃないか。それと同じさ」

裁判長の指摘を受けた原告、被告の両陣営は、証人となる人物あるいは神々の、迅速な証言を導き出すことに主眼を置いた。

原告側の証人はその性格を変えた。証言台に上るのは白人社会から手ひどい差別、圧迫、収奪を経験した有色人種の代表とか、イデオロギーの違った同志の戦争で殺されまくった部外者とか、宗教あるいは人種戦争の無辜の戦死者とか、人類がこれまで直視してこなかった無数の名の知れない犠牲者の代表を、意識して俎上《そじょう》に上げ始めたのだ。人類の業の展示ともいうべき展開に、傍聴席、判事達いずれの目にも、地球人類の恥部がさらけ出されるような苦痛の時間が過ぎていった。これに対し被告側は、ほっとさせ得るような人物を証言台に上げ始めた。アウシュビッツのユダヤ人虐殺の絶対空間の中において、自己の犠牲と交換にユダヤ人の救出を図ったポーランドカトリックのマキシミリアノ・コルベ司祭、連合国に占領され、裁判の上でも十分な抗弁《こうべん》を封じられた日本において、靖国神社の焼却計画を身をもって押し止め、信仰の自由を説いた、ローマ教皇庁代表のブルーノ・ビッテル神父、などなどキリスト、イスラムの垣根を超えて神の恩寵《おんちょう》を信じ、我が身を顧みなかった聖人が続々と証言台に座った。

被告側への心証《しんしょう》が一段と良くなっていった。

婆須槃頭は原告団の作戦を変更せざるを得なくなっていった。

「わが原告側としましてはここで一神教の世界政府樹立機関としていまだ地球世界に暗躍《あんやく》し続ける闇の組織、それを陰で操作する大本の責任者を証人としてお呼びいたします」

しーんとしわぶき一つ起こらぬ時間が訪れた。

（うーむ、ついにそこまで来たか。原告がそこまで踏み込むのなら相当の覚悟だぞ）或る識者はつぶやいた。

　証言台に座ったのは一人の若いユダヤ人男性だった。金髪のかつらをかぶり、近世ヨーロッパの宮廷服をまとっている。

「証人は名前を名乗ってください」

「はい、私はアダム・ワイスハウプトと申します」

「証人は、生年月日と出身地、および経歴を簡潔に言ってください」

「私は一七四八年、ドイツのバイエルン王国、インゴルシュタットで生まれました。インゴルシュタット大学で法学部に進み、その大学で二十四歳で教授、二十七歳で法学部長になりました。その後段々と社会改革思想に取りつかれ、フランクフルトでの国際ユダヤの地下組織、イルミナティの創設に参加して総括責任者に選任されました。一七七六年五月一日のことです。その後は弾圧されたりしましたが、しぶとく生き残り、フランス革命やロシアの共産革命の思想的主軸となっていきました。一八三〇年、八十二歳で死去しました。今の姿はイルミナティ創設の頃の二十代の姿です」

「わかりました。では現代のイルミナティの活動を創設者としてどう見られますか」

「私は十八世紀にそのすべてを出し切って後生にすべてを託しましたから、その後はよく解りません。ただ言えることは、我々の掲げた、世界をあらゆる束縛《そくばく》から解放する、といった狙いは着々と進んでいると思います」

「ではお聞きしましょう。あなたはユダヤ人であるにもかかわらず、宗教の撲滅《ぼくめつ》を掲げられた。そして、イルミナティはあらゆる下部組織を動かし世界統一政府の実現に邁進しておられます。ここ国際連合もその例外ではない。しかし、その卓絶した活動力はどこから出ているのか、不思議議です。私たちはそれが地球以外の知的活動体、要するに悪の化身と提携することによって生じているのではと推測いたしますが違っておりましょうか」

「とても奇妙で穿《うが》った見方ですね。イルミナティや古代からのフリーメイソンはとてもそのような育ち方をしたものとは考えられない。純粋な人類の結社体だとお考え下さい」

「……では、現代の大いなる謎とされている、ケネディアメリカ元大統領の暗殺死、イギリスのダイアナ妃の死などがなぜ迷宮入りしているのか、とてつもないバックの跳梁が垣間見られますが、これについての見解をお伺いしたい」

「何とも奇妙な質問ですね。いくら私が創設者だからといって、そのようなことまでは関知できませんし、答える材料も持ち合わせておりません。お答えはできません」

検事はこれ以上どう質問してよいのか迷いだした。

証言台のワイスハウプトは質問の繰り出されるのをあらかじめ予想していたのだろう。余裕を持って次の質問を待っている。

検事が婆須槃頭と交代した。彼は証言台に歩み寄るといきなりワイスハウプトに右手を出し握手を求めた。この動作に証人はとっさに反応してしまった。握手が行われた。

「証人は何せ若い。そのあなたがあのイルミナティの創設者とは。我々原告団があなたを呼び寄せたのは他でもない。謎だらけのこの地球の歴史を少しでも解き明かしていただこうとしましたが、それはできない相談だったようですね。謎はいつかは解き明かされる。それを根気よく待ちましょう。ただ、この席で解き明かされるものは今すぐにお答え願いましょう。私があなたに答えていただくのは、一神教の闇の正体です。一神教とそれを否定する形の共産主義《コミュニズム》、あるいはドイツのナチズム、イタリアのファシズム。特にコミュニズムは世界中に蔓延していきました。世界の若者の血をたぎらせる何かがありました。何か麻薬に近い一時の高揚感《こうようかん》がその蔓延の遠因だともいえます。これは宗教の一神教の持つ闇の効果ではありませんか。

人類は当初のアニミズム、多神教を徐々に捨てて一神教に走り出しました。そして今や大部分の人類が一神教になびいている。なぜ、そういう風になるのか。そこに闇はあるのか、ないのか。あるとすればその正体は何か。さあ、答えていただきましょう」

「ふっふっふっ。あなたのそのあけすけな態度、まことに気に入りました。お答えいたしましょう。一神教に闇はありません。あるように見えて実はないのです。人類の大部分が一神教に走るのは、自己の疑問を答えられる最も手っ取り早い相手として想定しやすいからです。人類は大部分、その短い一生を答えの出ぬまま終えてしまいます。心残りなのです。だから転生を繰り返す。私が宗教の撲滅を考えたのは、それへの回答の欺瞞性《ぎまんせい》がいやだったからです。私が初期に想定したものとは現在の組織は随分と変化してしまった。しかし、この組織はあった方がよいのです。なぜなら、人類の大部分がそれを望んでいるからです。それが存在しなければ、人類にはやる気、目的がなくなるからです。一神教の闇といわれるものの正体はこれだといってよいでしょう。このお答えでよろしいでしょうか」

「ありがとうございました。以上で私の検事としての質問を終わらせていただきます」

裁判は一応の結末を迎えた。十名の判事と裁判長は一室に閉じこもった。これから判決を審議するのだ。やがて、一同は姿を現し席に戻り、判決を言い渡す態勢に入った。原告、被告とも固唾を呑むような気持で判決を待った。すべてを映し出そうとでもしているかのようにテレビカメラが正面に向きをそろえ、記者たちの筆記具もその動きを止めていた。時にニューヨーク時間、午後三時十五分。

裁判長ハイウドロム・シアニームは厳かにその口を開いた。

「長期に亘った、地球世界宗教裁判の判決を以下のとおり言い渡す。この判決は銀河系宇宙の処々《しょしょ》で起こった同様の裁判の判決を踏襲するものではなく、地球世界独自の情勢と長期の歴史性を鑑みて、銀河司法院の意思と、出廷して多くの貴重な証言を吐露してくれた、数多い証人、参考人の意見を加味し、地球未来世界に対する方策を考慮して出された判決であることをご了解願いたい。

判決。原告の一神教の所業を非難する訴えを棄却《ききゃく》し、被告一神教側の罪状はなかったものとし、無罪とする。一神教を創始したクリエイターたちの罪業《ざいごう》もなかったものとする」

被告席ではどよめきと、勝ち誇ったかのような歓声が入り混じり始め、記者席では一斉に記者の走り書きのメモが素早くメッセンジャーの手にわたり、彼らは法廷から飛び出していく。

原告の婆須槃頭らは皆、腕組みを解かずに頭だけを下げ、声を発しなかった。神々への劫罰はついに下されなかったのである。

「この判決に至った経緯を述べる。まず、原告側の訴状についてだが、計、七項目にわたった一神教を非難する事項については、そのどれもが現況を把握せずに感情のみを先行させる愚を犯している。一神教の過去をいくら詮議しても現在の諸相を見ればそれが甚だしく悪業であったとは言い切れない。当判決は、英国のかっての首相マーガレット・サッチャーのベルギーでの『西洋の植民地政策は未知の野蛮な世界に文明をもたらした。それを謝る必要はない。それは白人の責務である』といった弁に決して与するものではないが、一神教白人社会の多神教の地域への無作法な介入と押し付け、有無を言わさぬ植民地化は、裁判の席上いくらも原告側の証人、参考人の口からうかがい知れた。これを被告側は記憶に留めていただきたい。

しかし、本裁判所はこれら非植民地側の情実《じょうじつ》は逐一認めても彼らの現在の心境をこそ重視した。彼らはほぼ異口同音に現在享受《きょうじゅ》している文明を賛美し、貧困だった植民地前の生活を遺棄しようとする。人間の本性はかくのごとく利便性《りべんせい》に傾くものなのか。私はこの地球という引力と、酸素と窒素の入り混じった空気の惑星を短期間ではあったが満喫《まんきつ》した。そこで感じたのは、この惑星に生命の花を開かせたものは一切、過去のシャーマニズム的生命観を顧みることに躊躇し嫌悪感《けんおかん》を抱くという事実である。これには意外な気がした。私は原告側検事の招聘《しょうへい》した証人、浅原才市の妙好人としての生き方に感動を覚えた。一市《いちし》井人《せいじん》としてあれほどの達観は考えられない。この銀河宇宙のどこにも妙好人ほどの聖者は存在しないとさえいえる。

検事側が浅原才市を証人として出廷させた本心は、多神教と一神教との融和を第一としたものだろうが、それがこの判決に導いたものかどうかは判然としない。ただ言えることは原告、被告の双方が招聘した多くの証人、参考人が多神教よりも一神教の有利を口にしていたことだ。これらの情勢を踏まえこの判決に至ったと考えてほしい。ことは地球文明の現況に達しつつあるものと考える。銀河系の辺境に位置するこの地球は生命の満ち足りた稀有の惑星である。我らの望むことはこの地球という惑星の未来への保全《ほぜん》である。

この判決は上告、提訴を受け付けない一審だけのものとする。このたびの宗教裁判はこれにて終決した」

裁判の終わりが告げられた。裁判長、判事、それと裁判に関わった知的生命体の帰還が始まった。婆須槃頭達は見送りを行った。

ハイウドロム・シアニームは近づいてきた原告側と別れの握手をした。

もちろん婆須槃頭とも行った。

「裁判のお膳立てをしてくれた君にとっては残念な判決になってしまった。しかし、これだけは言える。この判決で多神教は意地を見せた。だが、大勢は動かない。地球世界に及ぼした一神教の影響は大層なものだ。今更これをひっくり返して何になるのだろう。あとは君たち地球人のやり方一つだ。私も遠くからいつまでも見守っているよ」

そう言って彼らは去っていった。笹野はばれてしまった婆須槃頭の正体を反芻するように、彼に近寄り話しかけた。

「私と同じ日本人として、このたびの空前の裁判を世界に向けて行った偉業を諒《りょう》とします。あなたの本名があからさまになったことも必然でした。私は被告側があのような作戦に出てくることを予想していました。しかし、私はあなたがインドで何かに取りつかれたようになられたことも必然と考えます。おかげでこの世界を陰から操っている存在も明らかになりました。ご苦労様でした」

「笹野さん、ありがとう。私はこのたびの判決を少しも不服と思っておりません。ただ全世界の人たちにすでに亡くなった偉人、英傑、人気者たちの肉声を聞かせたかった。その目的は達成されました。

人類は彼らの肉声、考えを目の当たりにして良い方向へと突き進んでいくことでしょう。地球外知的生命体の大きな置き土産です」

笹野は目前の巨人を見上げて、言い知れぬ悲しさを覚えていた。

（もう二度と彼に会えないかも知れない……）

原告側の上告、控訴は事実上不可能だったが、婆須槃頭が姿を消してから世界各地に彼の分身としか思えない輩が次々に出現し、猛烈な言論闘争を開始し始めた。明らかに裁判への不満、闇の勢力の存在を肯定する行動と主張だった。はじめは小さかった動きも見る見るうちに巨大化していき、国家の警察機関と衝突していくこともまま、見られるようになった。

ニューヨークでの宗教裁判は終了したが、その後の世界各地での民事、刑事、軍事などの各裁判は、徐々にその性格を変えていき、あの宗教裁判の小さからぬ影響が窺えた。

そのころ、東京に舞い戻った笹野に、一つの書簡が届いた。

あの、婆須槃頭からだった。

笹野は書簡を読んだ。婆須槃頭の書簡は二度目だった。

しかし、これが彼との最後のやり取りになることを笹野は予感していた。

（あのニューヨークでの裁判があのような結果になって、さぞ残念がっていることだろう。しかし、彼の意を受けた分身が世界で動き始めた。きっと次の行動を起こし始めることだろう。まだまだ、気を緩めることはできないぞ。しかし彼はいったい今どこにいるんだ）

「笹野さん。私の正体がとうとう見破られましたね。そうです、あなたの予想した通りでした。私の本名は、倉光兵四郎といいます。平成の世に入って二年目（一九九〇年）の四月二十三日に福岡県で誕生しました。祖父は倉光勝軍《かつとき》という実業家です。変わった名前と思われましょうが、これは曾祖父の倉光八起児《やきじ》が大の酒井勝軍ファンであったところから付けられたものです。酒井勝軍といえば日ユ同祖論や日本のピラミッド伝説の創始者のように思われた一種のオカルティストでしたが、曾祖父は彼の熱烈な信奉者でかつ警察官でした。捜査の時は地域のボスにずいぶんお世話になったと言ってました。昔はそれでよかったのです。そして彼の孫すなわち私の父は倉光健吾といって筑豊地方でかなり名のしれた事業家です。そもそも、倉光家の主《あるじ》、野村家は飯塚、田川などの筑豊一帯を治め、鯰田《なまずた》城の城主であり、筑前黒田藩の中老を務めた武家の名門でしたが、明治期に入って筑豊一帯が石炭産地であったため空前の炭坑ブームとなり、いっぺんに土地柄が変貌してしまいました。筑豊御三家と言われた麻生、貝島、安川の実力者が利権と勢力を拡張し、一発の暴利を狙って全国からならず者が集まるといった具合で、すっかり野村家、倉光家の威信も地に落ちてしまいました。その後、昭和に入って勝軍の事業成功で息を吹き返し、息子の健吾がそれを引き継いでその息子たちの我々が誕生したわけです。私は四人兄弟の四番目だったのでかなり自由に育ちました。事業は上の二人、周太郎と源次郎の早逝で三番目の栄三郎が継ぐこととなりましたので私はかねての希望通り、アメリカの大学へ留学できました。兄弟四人の中で私が一番の巨漢でしたので、アメリカに行っても何ら引け目を感じることはありませんでした。先のお手紙で申しました通りアメリカの大学ではスポーツ、武道に熱中したおかげで放校の憂き目を見ましたが、それが却ってインドへの道筋をつけてくれました。私の、アメリカ陸軍の軍人となってかっての日米戦争の実態を暴くという夢はもろくも崩れたのです。しかし、インドでの生活が私の運命を決定づけました。

インドでの私の行跡は御存じのとおりです。あなたとの出会いもこの時からでした。ただ、私はひたすら自分の身柄《みがら》を隠し通しました。どうしてそうしたかって？　それは私の背後の何かがそうさせたとしか言いようがない。このたびの国際宗教裁判において、宇宙からの来訪者とのコンタクトでそれを実感したわけです。

しかし、裁判の席上ついに私の素性《すじょう》がばれてしまいました。それも私が命に代えて守り通してきた一女性によって。これは運命だったとしか言いようのない悲しさでした。私はその女性、宮市蓮台を恨む気持ちはさらさらない。男はこうして女によって運命を変えさせられる。歴史上、こういったことはざらにありました。

正体が暴露された以上、私はいつまでも婆須槃頭でいるつもりはありません。笹野さん、あなたは日本における私の身内以上の理解者です。いまの私の気持ちをわかってくれるのはあなたしかいません。

私がマルト神群の映画で世界に向かって言いたかったことはただ一つ、アジアの覚醒《かくせい》と世界への関与の道筋でした。涯鷗州監督をはじめとして多くの才能が集まり、映画は汎世界性を持った立派なものに仕上がりました。今はこの映画が人類の遺産としていつまでも残っていくのを願うのみです。今、私は今次の世界大戦で敗れ去ったドイツと日本のことを考え続けています。三国同盟を結んでいたはずのイタリアがなぜああも簡単に連合国側になびいてしまったのか。連合国側に寝返ったにもかかわらずなぜ厚顔無恥《こうがんむち》にも等しく敗戦国の日本に賠償金《ばいしょうきん》を要求し、せしめたのか。近隣のドイツへは全く賠償金を要求していないのにです。そこには有色人種への蔑視《べっし》がなかったか。イタリア人はその後経済力世界第二位に躍進した日本を見て、赤面するような恥ずかしさを感じているといわれますが、賠償金を支払った日本も日本です。アメリカへは言いたいことが山ほどあります。戦争を早期に終わらせるために原爆投下が必要だったというのが彼らの言い分ですが、冗談ではない。あれは人体実験で、やがて勃興してくるだろうソビエトへの見せつけであったというのが正解です。原爆症被害者はなぜアメリカへの訴訟を起こさないのか、訴訟の矛先《ほこさき》が常に日本政府なのはどうしてか。やりきれない問題です。第一次世界大戦の終了後、日本が有色人種差別撤廃法案を世界で初めて国際会議に提出し、それが欧米諸国によって否決されたことと鑑み、私は一神教の闇の勢力の存在を感得《かんとく》しました。多神教徒であり、有色人種である日本人のこれまでの欧米一神教社会への手向いは彼らにとって癪《しゃく》の種《たね》なのでしょう。そしてシナ、朝鮮にとっても日本は歯ぎしりするほどの目の上のたん瘤なのでしょう。その気持ちは日本人が知る知らないにかかわらず、永劫に続いていくことでしょう。闇の勢力が宇宙の生命体と手を結んでいる以上、これに打ち勝つことは、地球の終わりの日まで不可能と思えます。

笹野さん。私の一応の世界に向けての働きかけは終わりました。私は日本に帰ることなくインドで残りの命を燃やし続け、そして命を終えることでしょう。私の意思と事業は、私の分身達と共感を示してくれた多くの人たちへと受け継がれていくはずです。

笹野さん。あなたには筆舌に尽くせないほどのお世話を受けました。本当にありがとう。

私の祖父、倉光勝軍が日ユ同祖論《どうそろん》の主張者、酒井勝軍にちなんで名を付けられたことは先に述べました。私はこのことに因縁を感じます。日本とユダヤはともに神道とユダヤ道で、はるか底の中で結びつけられています。ともに兄弟であると思います。日ユ同祖論は正しかったのです。一神教の元祖と多神教の大本はいつか涙とともに手を握りあって地上の平和に向かって突き進んでいくことでしょう。私の観る壮大な夢です。ぜひ実現させたい夢ではありませんか。

これで笹野さんにはいいたいことのほぼ半分を述べました。残りの半分は墓の中に持っていきます。

最後にお願いです。それは宮市蓮台嬢のことです。彼女からは悲痛な便りをいただきました。とてもかわいそうでなりません。

笹野さんからも慰めてあげてくださいませんか。私は彼女に恋愛感情以上の気持ちを抱いていています。今度のことは必然であったと思います。どうか、一刻も早く立ち直って、インド、日本のみならず世界の映画ファンのために大きな存在となられることを願ってやみません。

では、笹野さん。これでお別れです。奥様と二人のお子様にもどうぞよろしくと伝えてください。ごきげんよう。

婆須槃頭こと　倉光兵四郎　拝」

「ああ、婆須槃頭様、私はどうしてあなたと敵対しなければならないのでしょう。あなたが芸名を公にされなかったあのころコルカタの時代が、私には一番この身には嬉しかった。そう、あなたは満身創痍だったこの私を、ひたすら仏道への導きで癒してくださった。あなたは日本への思いを私にいつも熱く語ってくださった。あなたはあの頃は倉光兵四郎という本名のまま振る舞っておられた。そう、あれはコルカタでの舞台劇の稽古の最中でしたね。その最中あなたは突然意識を無くされ倒れました、意識を取り戻したときは全くの別人格になられていた。

それ以後あなたは芸名 婆須槃頭を名乗られ二度と本名を口になさることはなかった。それ以後のあなたは何かにとりつかれたように映画の世界に没頭《ぼっとう》なさっておられました。何かの導きに出会ったかのように。私はあなたと一緒になって日本に帰り住みつきたかった。それも今となっては夢でしかありません。あなたはこのままインドの土となられるわけですね。私もインドに永住して土に還っていきます。

最後に一言お詫びをさせてください。いくら裁判の途上とはいえ、あなたの本名を口走ってしまったのは私の一生の不覚でした。本当にごめんなさい。

私は何故、あなたが日本名を名乗られないのか、不覚にもその深い意図《いと》を測りかねていました。しかし、今それがよく解ります。あなたの、この裁判を引き起こし、全世界に訴えかけられるためだったということを。そのため本名をひた隠しにして、映画俳優としての芸名をこの最後の業績のために名乗っておられたということに私はやっと気づきました。

私はあなたに兄のような親密さを感じていました。映画女優としてはまだまだ半人前ですが、あなたがこの世におられる、というそれだけで安心しきって生きていけそうです。

私にはまだまだやらなければならないことが待ち構えています。そのことがこれからの私の運命にどう作用していくのかわかりませんが、苦しいことは百も承知です。

婆須槃頭様、本当にありがとう。ここまであなたと生きてこられたことに感謝しつつ、ここらで筆をおきます。

宮市蓮台　拝」

笹野忠明はニューヨークでの裁判で存在が明らかになった、国際的闇の勢力の詳細を探ろうと海外のジャーナリスト達と共同の取材を図ったが、見えない圧力で次第に立ち消えになり困難さを教えられるばかりだった。そこで取材の方針を変えてインドに渡った。行方がわからなくなった婆須槃頭こと、倉光兵四郎を探し出そうとしたのだ。しかし、何度装いを変えてインドに渡り捜索しても彼を見つけ出せなかった。無駄《むだ》であった。インドの膨大な数の民衆に飲み込まれてしまったかのようだった。彼は永遠の中に消えてしまったかのようなのである。笹野はあきらめざるを得なかった。

そこで方針を変え、宮市蓮台のインドでのその後をルポして回った。

「蓮台さん、僕はあの婆須槃頭の行方を捜しているんだが、何か心当たりはありませんかか」

宮市蓮台は微笑みを浮かべながらこう言った。

「いいえ、私には何も心当たりも手がかりらしいものもありません。ただ、このインドで、どこかで生きていらっしゃる、という確信だけで安心しきっている、それだけです」

インドの仏教徒は河西秀星師の超人的な働きもあり、確実に増えていきつつあった。その仏教徒の中にあって、宮市蓮台は観音菩薩《かんのんぼさつ》であった。映画女優としてのみならず、我が身を捧げ尽くしてひたすら民衆の救済を図る観音菩薩であった。

そして、多くのインドの仏教徒たちは、マルトを映画で演じきった婆須槃頭こそ、仏陀《ぶつだ》の化身《けしん》だったと今でも追慕《ついぼ》している。

だがしかしと、笹野は考える。

(インド神話に出てきたあの人類の始祖、ヤマとヤミー、旧約聖書のアダムとイブの二人の化身こそ、婆須槃頭と宮市蓮台ではなかったのか、いやきっとそうだ)

現世に出現して多くの人類に教旨《きょうし》を与えたマルト神群のドラマは、こうして終わりを告げたのである。

第四章

諸天神聖

世界を空前の興奮に巻き込んだ宗教裁判は終わりを告げた。

何が興奮を招いたかといって、一口に言えば、一度死去した人間が蘇って裁判の証人あるいは参考人となって証言をするという有様がテレビに逐一映しだされたのである。比較するのさえおぼつかないこの臨場感が空前の視聴率を押し上げた。

ニューヨークでの空前の国際宗教裁判が終了して、日本もやっと正気を取り戻し始めた。あの狂熱《きょうねつ》はいずこかに逃げ去ってしまった。

ここで、この物語の冒頭に現れたマルト神群の解説者に登場していただこう。彼はその後の世界情勢を的確《てきかく》に見抜いていた。映画の感覚を持ち続けて、映画の力でしか動かない何かを見知っていたのである。

「映画、マルト神群はどうやら終焉を迎えたらしいね。しかしだ、マルトの役目はまだ終わっていないのだぞ。映画でマルトを演じた婆須槃頭はどこかに立ち去ってしまったが、本物のマルトはいま世界のここかしこで活動を始めた、これは私の予想をはるかに凌駕するものだ」

「いいかね、人類はここ当分あの裁判の衝撃から逃れられないのだぞ。あの裁判を取り仕切った地球以外の人類たちにいいようにあしらわれて、その置き土産に苦しむという図式に見事にはまってしまった。

彼らが目論んだのは死後の復活というものだった。一度死んだ人間が生き返って持論を述べる、というこの前代未聞の光景を見て人類は何を悟ったと思う。不死の有様さ。キリストの復活の言い伝えさえまざまざと実現してしまった不死の情景。それが新たな宗教を生じさせる基になるやも知れない。まだ終わらない宗教紛争が新たな装いで人類社会を巻き込んでいく。その光景が今、まざまざと私の瞳孔《どうこう》に映り始めている」

「いま、ここに集まっている人たちよ。君たちはこう言いたいのだろう。彼ら地球外知的生命体が目論み、その能力を駆使《くし》したからこそできた死者の復活だったのではなかったのかと。それならなぜ彼らは婆須槃頭の要請に応じて唯々《いい》諾々《だくだく》として地球にやってきたのだろう。

私はこう思う。彼ら地球外知的生命体はこの銀河宇宙に新たな領域を見つけ出したのだ。死後の世界だ。それと不死の方法だ。それを裁判の席で地球人類に見せつけたかったのだ。彼らは言う。死者の細胞、ひとかけらさえあれば再生は可能だと。この事実は地球人類に意識改革をもたらせた。死は恐ろしいものでも何でもない。復活させてくれるものさえいれば、再生は可能なのだと。考えてもみよ。これは恐ろしいことだ。自己の意識にかかわらず死を超越してくれるものが存在するというのだ。それは宗教という手段をもたずに復活を演出するのだ。このことに異議を唱えたのが今度のマルト達だ。彼らは、新たな宗教戦争の勃発を危惧し、その恐れをなんとか帳消しにしようと躍起《やっき》になっている」

ここで一人の男が手を上げた。

「発言をお許しください。今のお言葉に異議を唱えることになるやもしれませんが……」

「いいだろう。何だね？」

「私はこの世に無限の謎を感じている者です。私は一介の中国人ですが、我々は古代からある一つの思想を信じてきました。それは道教とひとくくりにされていますが、ここではそれを天を論じたものと紹介させていただきましょう。天、それはこの地上から見上げる無限の世界です。我々はその天を、地上を利する者に、あらゆる恩恵を下す絶対的な存在と認識してきました。これを天上、天下と分けて呼びます」

男は一体何を言いだそうとしているのか、とみんなは眉を顰めだした。中国人の男は話をつないだ。

「あの裁判では我々の信ずるこの天の観点が見事に欠けていました。天には多くの種域がありますこの諸天と称する様々な天域にはそれこそひしめかんばかりの神々がいてそれぞれの領域を管轄しています。その神々が何者なのかはここではひとまず置いておきましょう。

私はそれら神々が中国のみならず、全地球世界に恩恵と天罰を下しているものと認識しています。これが、中国人の世界観なのです。

貴殿が言われる死後の世界は残念ながらこの銀河系には存在しません。全く次元を異にする異次元の宇宙にこそ存在します。我々中国人はそれを天を異にする世界観といっています」

「その世界観が随分と独善的《どくぜんてき》な意識をあなた方にもたらしましたね」

一人のアジア系と思われる男が口を挟んだ。中国人は男をにらんだ。男は答えた。

「私は日本人です。あの婆須槃頭と同じの」

「ほう、その日本人と思《おぼ》しいあなたが、私にどういうことをお尋ねになりたいのですか」

中国人男性は、話の腰を折られたことを不快そうに日本人に向き直った。

「私はただ中国……おっとシナとお呼びした方がよろしいのでは。中国では、中華民国、中華人民共和国の略称みたいでいかにも座り心地が悪い。私はただシナの伝統的他地域侮蔑のやり方を非難したい。

東夷《とうい》、西戎《せいじゅう》、南蛮《なんばん》、北狄《ほくてき》とあらゆる他民族を侮蔑の目で見て自分らは世界の中心に居座っているというあの中華絶対思想、なぜ、あなた方はその考え方から抜け出せないのか。全く不思議です。その癖して、白色人種には変におべっかを使って服従の態度を見せますが、あれはどうしたことですか。かって日本と戦った国民政府の蔣介石《しょうかいせき》がいい例です。私たち日本人はあなた方シナから文化の恩恵を多々被《こうむ》ってきた。その負い目はあります。だがしかし、いくら文化を享受させたからといってあなた方が私たちに居丈高になることはない。日本人は十分にその有難味をあなた方への態度で表してきているのですから。明治初期の日本の清朝へのあれほどの恐れおののきをあなた方は忘れている。あの日中戦争と呼ばれる事変ですか。あれは不拡大方針を取ろうとする日本政府および日本軍を挑発と愚《ぐ》弄《ろう》で大陸内部まで引きずり込んだ蔣介石の責任をもっと審議すべきでしょう。その目的は日本の活力の消耗でした。これは蔣介石のバックについた白色人種の戦略でした。

これだけは声を大にして言いたい。あの事変で日本に勝利したのはバックの白色人種と手を結んでいた国民党政府の蔣介石であって、我々は断じて、共産党の新四軍《しんしぐん》、八路軍《はちろぐん》などに負けたのではない」

その日本人男性は、あたかも大陸で実際戦闘に従事してきたかでもあるように、言葉を締めくくった。

「あの事変であなた方日本人は我々に何をなさったのか覚えておいでではないのですか。とてもむごい殺戮をなさったのですよ。それをそのように自己正当化なさるのは良くないことですな」

これに日本人の男性はにこっと笑って、

「またそれを持ってこられましたか。戦後、散々日本人に向かって言い古されたあなた方お得意の常套句《じょうとうく》です。敗戦時の好人物の日本人にはよく効いたことでしょう。日本軍に殺された数も倍々ゲームで増加し続け、果たしてこれが正当な数なのかどうかも今となってはわかりません。しかし事変の相手方日本人からはあなた方シナ人がどう見えていたか、考えたことがおありでしょうか。正当な手続きで大陸に入植した日本人達を惨いやり方で殺戮なさったのはどこのどなたでしたかな。殺戮された人数など関係なく、この信義を踏みにじるシナ人に対して隠忍自重《いんにんじちょう》の大人の態度で接しても、埒《らち》があかなかったことに対する怒りが、事変の長期化を招きました。その火元はどちらにあったか、言わなくてもわかるでしょう」

「先に手を出したのが我々中国人の方だったといいたいのですね。しかし、大陸に入植なさったのが果たして正当な手順に基づくものだったのでしょうか。今までの土地を所有していた者の権利はどうなるのです。これは力に基づく侵略だったのではないでしょうか」

「それを言われるのなら上海《しゃんはい》、天津《てんしん》、香港《ほんこん》などの西洋列強の植民地化をなぜもっと糾弾《きゅうだん》なされなかったのか、とお聞きします。力の強いものには黙りを決め込むのが正当なやりかたでしょうか」

「黙っていたのではない。我々は諸外国の侵略に対し平等に糾弾し反抗してきました」

「それ等の反抗をつぶさに調査してみると、日本への糾弾、挑発、愚弄が群を抜いて大きかった。これは何を意味しているでしょうか。結局あなた方は同じアジア人の日本への憎しみが人一倍強かった。そこを白人勢力に利用されただけではありませんか」

ここで解説者が割って入った。

「双方ともそれ以上は言い争うことをやめよ。どこまで行っても結論は下せぬ。まことに難儀なことだ。わしは時間だけがその解決法を知っていると考える。いずれ、双方の言い分をまた聞く機会が来るだろう。今は矛《ほこ》を収めよ。双方の名前を聞きたい」

「私は曹志雲というものです」

「私は倉光健吾といいます」

「ほう、日本の方、倉光健吾と言われるか。確か俳優の婆須槃頭の本名は倉光といったように覚えているが、まさか……」

「はい、私はその婆須槃頭こと倉光兵四郎の父です」

どっとどよめきの声が上がった。その日本人は年のころは六十台に入ってまだ半ばというところであろうか、全身から発せられる精気があたりにバリアーのように張り巡らされて、容易に近づけないムードを漂わせている。中国人、曹志雲との先ほどの掛け合いは、絶対に後へは引かぬといった気迫そのものだった。

倉光健吾は席に戻った。周りの者たちは遠巻きに彼を見つめる。

「さて、ここに問題の人物、婆須槃頭の父親がおられる。かの人に何か聞くことがあれば、聞いて差し支えないと思うが……」

一人が手を上げた。

「倉光さん、あの大裁判を発動された映画俳優、婆須槃頭さんの若かりし頃を知る人としてお尋ねしたいのですが、どういうお子さんでしたか。差し支えなければお聞きしたいのですが」

倉光健吾はその質問にちょっと訝《いぶか》しむような表情を見せたが、やがて口を開いた。
「私には四人の息子がいました。兵四郎はその最後の息子です。彼はとにかく手がかからなかった。何となれば上の三人の兄たちが彼の面倒を見続けてくれたし、母親、私の妻ですが、彼女が兵四郎に無言の愛情を注ぎ込み、彼の自立心の芽生えを促しました。彼の子供の頃の逸話としてすぐに思い出すのは、彼の曾祖父、八起児の話を熱心に聞いていた時のことです。彼のシナでの戦争体験に目を輝かせて聞いていたと思ったらやにわにこう言いだしました。『何もかも間違っている。日本も、シナも、アメリカも、イギリスも。なぜもっと広い目で世界を見つめないの。大きな視点が欠けてるね』と、こうです。そして『俺はアメリカに行く。行って本当のことを彼らに話してやる』こうしてアメリカ留学を志すようになりました。

一番上と二番目の息子が早逝《そうせい》しました。続いて妻もみまかり、私の周囲は急に寂しくなりました。三番目の息子がしっかり者だったので、彼に事業を託そうと決心し、兵四郎を希望通りアメリカに送り出しました。それ以後のことは、うすうす皆さんも知っておられることだと思います。

インドに渡り、思いがけなく映画俳優となってからは、時々国際電話や手紙で消息を知るだけとなりました。三度日本に帰って来たことがありましたが、私どものほうへは遂に足を延ばすことはありませんでした。私も三男坊も実際の彼を見ることは遂に叶わなかったのです」

沈痛さを秘めた倉光健吾の述懐に、しわぶき一つ起こりそうもなかった。

「よくわかった。あなたの息子としての彼、倉光兵四郎は若くしてすごいことを成し遂げた。それがこれからの世界のゆくすえをどう成さしめていくかは、私でも答えることは困難だ。とにかく、あなたはここで息子の業績をひたすら念頭に置きつつ、皆に思いを披瀝《ひれき》してもらいたい」

「嬉しいお言葉です。私は今、国際関係関連の事業を行っていますが、ここの皆様にこの機会に、日本、インド、シナ、アメリカなどの国々の真実の姿を、忌憚なく話し合っていきたいと思っています」

「それがよろしかろう。ここの皆は私のインド説話を聞き飽きている。

もっとも、あの映画『マルト神群』に関しては話し足りないことが多い。先ほどの中国の方も、もっと話を皆にしてほしい」

「わかりました、師よ。私どもが崇拝している老子、荘子の道《たお》の話をここで皆に聞いていただきたいのですが」

「曹志雲氏よ、よろしく頼む」

「さて、私が先ほど論争した方があの婆須槃頭の父親だったとは……。あのとてつもない個性、婆須槃頭は中国映画界でも大スターでした。『好漢』と『寒山拾得《かんざんじっとく》』のわずか二本しか中国映画出演がなかったのにです。なかでも『寒山拾得』の役作りはすごいものでした。彼は寒山の役を演じましたが、減量を二十キロもやって、ひょろひょろの体になっての演技は、観ていていつか死ぬのではと気がかりにさせてしまうほど真に迫っていました。森鷗外の原作をあれ程の映画にした手腕もさることながら、彼、婆須槃頭の寒山は拾得とともに我々に無垢、清浄という忘れられた徳目《とくもく》を教えてくれました。父上には彼をもっと誇りにしていただきたいし、これからの人類にも大きな教訓を残してくれました。

さて、私は先ほど道教の話をしかかりました。道教《どうきょう》とひとくくりにされても、ことはそう単純なものではない。寒山は禅味《ぜんみ》を尽くした人物でしたが、実は道教の人でもありました。三教という言葉があります。仏教《ぶっきょう》、儒教《じゅきょう》、道教ですが、我がシナでは道教の教えを道門と呼んで古来より珍重してきました。その世界観はインドよりやってきた仏教の世界観にも影響を与えたのです。これを見てください」曹はもってきた図表を皆に掲示した。

「これは、仏教でいうところの須彌山《しゅみせん》という一つの世界を、その地下界から天上界までを図示したものです。今、我々はどこにいるのか。それは欲界、色界、無色界の三界のうち欲界、色界のいずれかでしょう。

欲界とは六欲天《ろくよくてん》の四王天《しおうてん》、忉利天《とうりてん》、夜摩天《やまてん》、兜率天《とそつてん》、楽変化天《らくへんげてん》、他化自在天《たけじざいてん》の六つを指します。

ここに住む神々は人間界の居住者とよく似通っていますが、彼らを救いたいという気持ちはとても強いのです。そして、仏教本来の、地獄《じごく》、餓鬼《がき》、畜生《ちくしょう》、修羅《しゅら》、人《じん》、天《てん》の六道もこれに含まれます。

色界とは初禅天《しょぜんてん》から四禅天《しぜんてん》までの四つの天、欲界の上部で無色界の下部に位置します。欲や煩悩はないが物質、肉体の束縛からは脱却していない世界です。

最後の無色界とは、天の最高部に位置し、欲望も物質的条件も超越し、ただ精神作用にのみ住むことのできる世界です。ここには悲想非非想処《ひそうひひそうしょ》、無所有処《むしょうしょ》、識無辺処《しきむへんしょ》、空無辺処《くうむへんしょ》の四つがあります。このうち非想非非想処を無色界の最高の天とし、有頂天《うちょうてん》とも呼ばれます。人間界からここまで進んだ人はほんの一握りです。

これらの無色界の諸相を初めて思想書、『倶舎論《くしゃろん》』の中で世に表出したのが、インドの唯識学の高僧、世親ことヴァスバンドゥでした。そう、あの俳優の婆須槃頭。倉光健吾殿のご子息兵四郎さんの芸名としてあまりによく知られた、婆須槃頭なのです。

さてこれら諸天は、ただ単に東洋の哲学の産物なのでしょうか。私にはそうは思えません。

西洋の例えば、『神曲』のダンテ、『霊界日記』のスウェーデンボルグ、『天路歴程』のジョン・バニヤンなどは、死後の人間が巡り歩く過程を生々しく文学に描いています。彼らの言い分は時の宗教界から異端とされましたが、一神教と多神教の違いこそあれ、真実を描いていると思います。誠に、死後の世界というのはほぼ永劫に解けない、人類全体の大問題だと思えるのです」

ここで、曹志雲は一息ついた。しかし、道《たお》の領域にたどり着くのはまだ先のようだった。すかさず、倉光健吾がその主導を握るかのように話し始めた。

「曹志雲様の寒山拾得から諸天の有様まで、見事なうんちくと語りには只々敬服いたしました。ありがとうございました。私の息子、婆須槃頭は何かとてつもない役目を仰せつかり、全生命をそれに傾注して今は行方不明となりました。インド、鍵はそこにあると思いますが不肖私にはそれ以上が見出し得ない。師よ。私はこれから何をすべきなのか、その道をお教えください」

「倉光健吾殿、先ほどの曹志雲殿の披瀝された諸天の神々の中にこそ、その答えが詰まっていると私は考える。諸天は三界を統べて、人間たちに彼らの道を指し示した。それは大宇宙と一体となる道だ。

無為自然《むいしぜん》、しかし何もかも宇宙にお任せしていてはならない。何故なら、大宇宙はすべてを生かし、すべてを殺すからだ。まことにドライなのだ。その中にあって、道家の老子は人間にすべての人間に、水のごとく生きよと告げた。力まず、我を張らず、水の流れのごとくに形を変えながら、柔らかく生きよ　と告げられた。まことにしなやかで柔らかいものこそ、高く強い位置を占めるのだ。上善《じょうぜん》は水の如しなのだ。

倉光殿、あなたは兵四郎という無二《むに》の息子をこの世に輩出された。その功績は偉大なものだ。あなたは、その息子と再会できるどうかはわからない。しかし、安心されよ。息子の分身達は世界の各地で立ち上がっている。吉田松陰のいった『草莽崛起《そうもうくっき》』だ。彼らとコンタクトを取ることを、まず考えられたらよろしかろう」

「ありがたいお言葉でした。そのように努力してみます」

「さて、私の話の最終部になりました。師よ、倉光様、人類はこれから先、どう変化していくのか、全く予断を許しません。ここに来ておられる多くの人々も不安を感じておられましょう。私は中国人として、アメリカ、ロシア、インド、日本、およびオーストラリアの諸外国にこう話を告げたい。個人個人の中国人は人格的に、まことに伝統と精神文化を受け継いだ立派な存在であるが、ひとたび国を背負うと個性ががらりと変わって偏狭《へんきょう》で排他的な集団とあい果てる。そのように見られても致し方ない近代の歴史でした。私はこう現代の中国人全体に告げたい。

我々は世界に冠たる精神文明を独自に発展させた人民である、その気風は天という、一神教でも多神教でもない独自の宇宙史観を作り上げた。そのことと中国人の振る舞いとを結び付けられるのは良しとしない。このことは独《ひと》り地球人類の精神的遺産の興亡に帰せられるものであり、世界人類はそのことと向き合って、天の領域からの地球への呼びかけ、働きかけに感謝すべきであろう、と。等しく世界に呼びかけようではないか。

よろしいですかな。諸天神聖に礼を尽くす、とは初めて道教が言いだしたことなのです。

天、あるいは道《たお》と呼ばれる考えは、これからの地球文明に多大な影響をもたらす可能性を秘めている。それも良いほうの影響だ。

このことを分かっているのは残念ながら日本人だけだ。日本人は何につけても道《たお》ということを発する稀《まれ》な民族だ。

先ほどの私の論争の相手、倉光様には、これからの地球文明を背負っての期待ができる。何となればあの倉光兵四郎こと、婆須槃頭の父であるからだ。ちなみに、その婆須槃頭という漢字の名も道教の経典から拝借《はいしゃく》したものです。ここにはそれを明らかにする資料もある。

私はここに、全地球の人々に呼びかけをいたしたい。

見上げよう、あの天を。昼であっても、夜であっても。いつでも陽気が降ってくるではないか。その多くの天、諸天には多くの神々、聖霊、聖者が人類のゆくすえを見守ってくれている。その眼《まなこ》を感じ取ろう。これは無垢のあかしなのだ。

銀河全体の趨勢はこの太陽系を見ればわかる。その手本となって人類はこれからを歩まなければならない、と思う次第です」

「曹志雲殿、よくぞ申された。コロナ禍を世界にまき散らして、恬《てん》として恥じない中国人、シナ人のなかにも貴殿のような人が存在することにまことに安堵の気持ちを抱いた。いかがであろう、倉光殿、貴殿からも何か言っていただけないか」

「私は『マルト神群』の息子の言葉を引用したくなりました。彼はこう言いました。『帰する、ということをもっと真剣に考えよう。この世に生まれたからには何かに帰する、べきであろう。それが何かは個々の覚悟一つだ』

私はこの言葉こそが、真の自由への一里塚のように思えてならないのです。諸天の神仏、聖者は人類の一人一人に、こう投げかけておられるのではないでしょうか」

「まことに、人間この世に生を受けた以上、何かに没頭して生きがいたるを探しあて、ほかにそれを施して密かな歓びとなし、その生を全ういたしたいものである。それさえできれば申し残すことはあるまい。貴殿の言われるとおりである」

集まった聴衆のなかに一人の異質なオーラを放つ若い男性がいた。

倉光健吾はその男の視線が気になっていたが、突然、その男性が立ち上がってしゃべりだした。聴衆はその男のたたずまいに異質なものを感じて注視した。

「私は、倉光殿のご子息が映画で演じられたマルト神群の事実上のひとりです。ニューヨークでのあの裁判で証人席に座ることを禁じられたので、この席にやってきました。あの被告側証人席でのひとりのマルトの発言は遺憾な内容でした。私はマルトの真実の気持ちをこの席で述べたいと思う。それは、人類の誕生から現在までを見続けた、一証人としての隠しようのない気持ちの表れです」

「ほう、あのマルト神群のおひとりだといわれるか。まことにこの席の最後を締めくくるにふさわしいお方の登場である。倉光健吾殿。貴殿のあのご子息にも似たこの男性に、一抹の共感を示されても致し方のないことであろう。それでは謹んで彼の言葉を拝聴しよう」

「申し上げましょう。私は地球の年齢で数万歳を数えますが、このとおり少しも老け込んでいない。それが私に与えられた宿命であるからです。地球人類の栄枯盛衰《えいこせいすい》を肌で感じては干渉もやってきましたが、我々と同じように形作られた地球人類には、その誕生から言い知れぬ愛情を感じ、その存続に力を注いできました。それに対する大宇宙の意志の表現、実現性には今でも考えの及ばないものがあります。

しかし、あの映画でも描かれたことではあるが、ひたすら地球人類を愛し、地球環境およびダイナミックな大自然の諸相を愛し続けてきたことには何ら、一点のウソ偽りはありません。私はあのニューヨークでの裁判で証人台に立ち、この狂おしいばかりの感情を披瀝したかったが、それは叶えられなかった。人類一人一人の地上での営み、その生と死には何かと安心、覚悟が求められるが、宗教者はそれらの重みに十分答えてきたとは思えない。いたずらに多神的と一神的の範疇に逃げ込み、お茶を濁してきたきらいがある。そこに、悪魔とされた他の知的生命体に付け込まれる隙を与えてしまった。私マルトは多くの同僚たちと天空を駆け巡り、戦いをなし、人類の進歩を後支えしてここまでやってきた。釈尊もイエス・キリストもムハンマドも手助けをした。彼らは今、ある惑星でしばしの安人類全体の頭脳に刻まれた眠れる意識の表徴《ひょうちょう》である。それらを軽視してはならない。彼らの事績は今や神話として地上に残ろうとしている。神話、それは人類の誕生を、あるいは進歩を私らマルトたちは見続けてきて、今、切に思うことは、彼らが憩《いこ》っている。彼らの事績は今や神話として地上に残ろうとしている。

幼少期、または少年期はとうに過ぎ去った。人類は地球の束縛を脱し、宇宙へと進出していくだろう。そこでは多くの新たな試練が待ち受けている。私らも経験してきた多くの難事、それらを彼らとともに受け止めながら、人類への愛情を途絶えさすことなく保ちつつ、そしてこれからも生き続けていこうとする覚悟なのです。困った時はお互い様だという、日本人がたどり着いた、あの無垢の気持ちとともに」

地上の人類は、今日も何事もなかったかのように、それぞれの営みにかまけている。

終

〈著者紹介〉
長谷川 敬二（はせがわ けいじ）
昭和21(1946) 年　福岡県 筑豊に生まれる。
昭和44年　福岡大学法学部卒業、福岡市消防局消防官となる。
平成19年　消防局を定年退職。英国ロンドン遊学を皮切りに、以後地域の役職を歴任。講談の魅力にも嵌り、口演回数多数。
黒澤明研究会会員となり、論文も執筆。
平成29年　最初の小説『念彼観音力』を書きあげ、文学創造に目覚める。
平成30年　初のインド旅行で、『マルト神群』の構想を練る。

装　画　　　石雨嫣
JASRAC 出 2010248 - 001

マルト神群《しんぐん》

2021年5月26日　第1刷発行

著　者　　　長谷川敬二
発行人　　　久保田貴幸

発行元　　　株式会社 幻冬舎メディアコンサルティング
〒151-0051　東京都渋谷区千駄ヶ谷4-9-7
電話　03-5411-6440(編集)

発売元　　　株式会社 幻冬舎
〒151-0051　東京都渋谷区千駄ヶ谷4-9-7
電話　03-5411-6222(営業)

印刷・製本　シナジーコミュニケーションズ株式会社
装　丁　　　弓田和則

検印廃止

ISBN 978-4-344-93481-8　C0093
幻冬舎メディアコンサルティング HP
http://www.gentosha-mc.com/